... Vater sein dagegen sehr!

Heinz-Karl Esiez

... Vater sein dagegen sehr!

Die wahre Geschichte eines Vaters in Mittelhessen, der seit über 15 Jahren bis heute 2007 mehr oder weniger vergeblich versucht, Vater zu sein.
Dieses Buch widme ich allen engagierten, rechtstreuen Vätern, die von ihren Kindern getrennt wurden.
Heinz-Karl Esiez

Bibliografische Information der Deutschen Nationalbibliothek:
Die Deutsche Nationalbibliothek verzeichnet diese Publikation in der Deutschen Nationalbibliografie; detaillierte bibliografische Daten sind im Internet über < http://dnb.d-nb.de > abrufbar.

© 2008 Heinz-Karl Esiez
Satz, Umschlagdesign, Herstellung und Verlag:
Books on Demand GmbH, Norderstedt
ISBN: 978-3-8334-8801-6

Vorwort.

Ursprünglich hatte ich nicht die Absicht, die Entführung meines Sohnes in der Öffentlichkeit auszubreiten. Ein Ereignis aus dem Jahre 2004 hat bei mir jedoch einen Sinneswandel bewirkt. Dieses Ereignis zeigt besonders kraß die Entrechtung vieler Väter, die sich rechtstreu verhalten und weder ihrem Kind noch der Kindsmutter etwas Böses angetan haben. Sie werden einfach daran gehindert, regelmäßigen Kontakt mit ihren Kindern zu haben.

Das Ereignis, auf welches ich mich hier beziehe, widerfuhr einem bekannten Schauspieler (Mathieu Carriere), der seine etwa 10-jährige Tochter verabredungsgemäß bei der Mutter des Kindes abholte, um einen gemeinsamen Nachmittag zu verbringen. Er besuchte mit seiner Tochter eine Kinder-Zirkusvorstellung und wurde dabei – als bekannte Person – von einem Berufsfotografen entdeckt und fotografiert. Abends brachte Herr Carriere seine Tochter wieder zur Mutter zurück und alles schien in Ordnung zu sein. Die Mutter des Kindes erfuhr jedoch einige Tage später von dem Foto und stellte Strafantrag gegen den Kindesvater wegen Verletzung der Persönlichkeitsrechte. Das zuständige Gericht verurteilte Herrn Carriere daraufhin zu einer Gefängnisstrafe, die er dann auch abgesessen hat. Bei Antritt seiner Strafe wurde der »Delinquent« von Freunden begleitet; vor dem Gefängnistor nahm ein Fernsehteam die Szene auf.

Wenn diese Begebenheit nicht so traurig wäre, könnte man darüber lachen. Doch die Situation der von ihren Vätern getrennten Kinder ist ernst.

In der Bundesrepublik Deutschland leben etwa 20 Millionen Kinder und Jugendliche unter 18 Jahren; davon wird etwa ein Drittel »allein erzogen«, also etwa 6,5 Millionen Kinder und Jugendliche. Über 90 % dieser jungen Menschen leben bei ihren alleinerziehenden Müttern, also betrifft dies etwa 6 Millionen sogenannter Scheidungswaisen. Etwa ein Drittel dieser bei ihren Müttern aufwachsenden jungen Menschen hat keinen oder keinen regelmäßigen Kontakt mit dem eigenen Vater – mit den bekannten, in vielen Sachbüchern und Untersuchungen beschriebenen Nachteilen. Stellvertretend sei hier nur das Buch »Die vaterlose Gesellschaft« von Matthias Matussek genannt. Etwa 2 Millionen Kinder und Jugendliche wachsen also vaterlos auf, wobei diese Zahl eher höher liegt. Durch die Teilnahme an vielen Veranstaltungen der »ISUV« (Interessen- und Schutzgemeinschaft unterhaltspflichtiger Väter und Mütter e.V.) habe ich einen gewissen Überblick über die Zahl der im mittelhessischen Raum lebenden Scheidungswaisen, so daß auf die Bundesrepublik Deutschland hochgerechnet werden kann.

Nun mag man sagen, daß viele Kinder von ihrem Vater getrennt werden müssen, um sie vor negativen Einflüssen zu schützen. Diese Fälle gibt es in der Tat, sie stellen jedoch die absolute Ausnahme dar und werden durch spektakuläre Berichte in den Medien in ihrem Ausmaß weit überschätzt. Wenn man hier ein Prozent der Fälle ansetzt, so liegt man wahrscheinlich noch zu hoch! Übrigens können auch Mütter eine Gefahr für ihre Kinder darstellen!

Im Normalfall sind die von ihren Kindern getrennten Väter liebevolle und treusorgende Männer, die sich regelmäßige Kontakte mit ihren Kindern wünschen und aus den verschiedensten Gründen daran gehindert werden. Die Leidtragenden sind die genannten etwa 2 Millionen Kinder, die vaterlos aufwachsen und für die ich dieses Buch schreibe.

Ich möchte nicht mißverstanden werden! Ich bezweifele nicht das Recht einer Frau, sich vom Vater des gemeinsamen Kindes zu trennen. Ich bestreite jedoch ihr Recht, das Kind dem fürsorglichen Vater – unter welchem Vorwand auch immer – vorzuenthalten und Vater-Kind-Kontakte zu hintertreiben. Von einem derartigen Fall berichte ich hier unter Anonymisierung der betreffenden Personen. Ich habe keine Haß- und Rachegefühle, möchte nur den leidtragenden Kindern ein Fürsprecher sein.

Inhalt

1. Die Zeit vor der Geburt unseres Kindes.

Meine spätere Ehefrau lernte ich Ende der 70er Jahre kennen. Nachdem wir einige Wochenenden miteinander verbracht hatten und uns gut verstanden, beschlossen wir, gemeinsam Urlaub zu machen, was denn auch geschah. So wuchs allmählich eine Partnerschaft heran, die dazu führte, daß wir recht bald nicht nur zusammen lebten sondern auch gemeinsam in einem Einfamilienhaus wohnten.

Das Zusammenleben gestaltete sich recht harmonisch, wenn wir auch in Ernährungsfragen ziemlich unterschiedliche Auffassungen vertraten, was sich aber wegen der Möglichkeit individueller Essensweise nicht weiter als störend erwies. Während ich eine Ernährung auf der Grundlage von Milch, Milchprodukten, Vollkornbrot Obst und Gemüse bevorzugte, hatte meine Partnerin insbesondere mit Milch und Milchprodukten ihre Probleme. Dies sollte sich später noch als Belastung unserer Beziehung erweisen.

Meine Partnerin ging ihrem Beruf als Lehrerin an einer Abendschule nach; ich war Prof. an einer Fachhochschule. Wegen ähnlich gelagerter beruflicher Interessen hatten wir also noch Gemeinsamkeiten neben unserem Privatleben. Dazu kam, daß ich mich gut mit den Eltern meiner Partnerin verstand, so daß unserem Glück nichts im Wege zu stehen schien.

Nach mehrjährigem Zusammenleben ohne Trauschein entschlossen wir uns zur Heirat, die dann 1983 stattfand. In den darauffolgenden Jahren machten wir die verschiedensten Urlaube im In- und Ausland, bis die Frage nach einem gemeinsamen Kind immer drängender wurde. Bis dahin hatten wir diese Frage quasi verdrängt, wohl wissend, daß unser sorgloses Urlaubmachen mit einem Kind nicht mehr so ohne weiteres möglich sein würde. Schließlich siegte jedoch der Wunsch, Vater und Mutter zu werden, zumal wir uns dadurch eine weitere Vertiefung unserer Beziehung versprachen. Und so wurde unser Sohn im März 1988 geboren! Meine Frau wurde in einer Klinik entbunden; mir widerfuhr das große Glück, während der Geburt anwesend sein zu dürfen, wovon ich mir eine besonders intensive

Vater-Kind-Beziehung versprach. Unser Sohn kam gesund zur Welt, so daß ich Mutter und Kind etwa eine Woche nach der Geburt nach Hause holen konnte, wo ein voll eingerichtetes Kinderzimmer auf den Kleinen wartete. Nun waren wir eine vollständige Familie! Ich werde die ersten Kinderlaute in unserem Haus nie vergessen!

2. Die kurze Zeit des Zusammenlebens in unserer Familie.

Die Randbedingungen für das Zusammenleben mit unserem Kind waren eigentlich ideal. Unser Sohn war gesund, meine Frau und ich ebenfalls. Wir bewohnten ein Einfamilienhaus in Stadtrandlage, hatten keine finanziellen Probleme, meine Frau hatte einen sicheren Beruf als Lehrerin und ich ging meinem Beruf als Prof. an der Hochschule nach. Ich erlebte jedoch etwas, was in der Literatur oft beschrieben worden ist: Eine Frau wird durch die Geburt ihres ersten Kindes zu einem anderen Menschen! Das Erlebnis der neunmonatigen Schwangerschaft, der Geburt, des Stillens des Kindes – das alles vertieft bei der jungen Mutter das Gefühl der Andersartigkeit gegenüber dem Mann. Meine Bemühungen, diese Entwicklung auszugleichen, waren ziemlich erfolglos. Ich ging mit meiner schwangeren Frau schwimmen, machte mit ihr Schwangerschaftsgymnastik, begleitete sie zu Vorsorgeuntersuchungen – das wurde dankbar angenommen, beseitigte jedoch nicht eine schleichende Entfremdung. Diese Entwicklung wurde zusätzlich durch das außergewöhnlich intensive Verhältnis meiner Frau zu ihrer Mutter verstärkt, wodurch die Meinung vermittelt wurde, daß ein Mann kein wirkliches Verständnis für eine werdende, gebärende und stillende Mutter haben könne. Mein Schwiegervater war vor der Geburt seines Enkels gestorben, so daß sich meine Schwiegermutter oft in unserem Haus aufhielt und auch bei uns übernachtete. So konnte sie ihrem einzigen Kind, ihrer Tochter, jederzeit nahe sein und ihre Vorstellung von der Rolle einer Mutter vermitteln. Mit Rücksicht auf den Verlust ihres Mannes habe ich in diesem Zusammenhang meine Schwiegermutter zu sehr gewähren lassen und meine Position als Vater zu wenig betont, was sicher ein Fehler war.

Wenn ich aus der Hochschule nach Hause kam, bestand ich jedoch darauf, meinen Sohn anteilig zu betreuen und mit ihm zu spielen. Schließlich wollte ich ihn nach Ablauf der etwa dreimonatigen beruflichen Auszeit meiner Frau eigenständig versorgen, wenn meine Frau abends zur Ausübung ihres Berufes in der Abendschule war.

Es folgten also die Monate, in denen ich abends mit meinem Sohn allein war, was insbesondere meiner Schwiegermutter nicht paßte. Als Witwe hätte sie allzu gern die Rolle der Ersatzmutter gespielt. Sie hatte jedoch tagsüber genügend Gelegenheit, mit ihrem Enkel zusammen zu sein.

Und so spielte ich mit meinem Sohn, wenn meine Frau das Haus verließ; ich fütterte ihn, wechselte seine Windeln und brachte ihn schließlich in sein Bettchen. Vorher hatte ich die Angewohnheit, mit ihm zu einem großen Dachflächenfenster zu gehen, durch das er die funkelnden Abendsterne beobachten konnte. Wenn ich dieses Ritual einmal vergaß, dann streckte er sich so vehement in die Richtung dieses Fensters, daß ich nicht umhin kam, mit ihm dorthin zu gehen. Dabei erzählte ich ihm vom Sternenhimmel und er tat so, als ob er mich verstünde. Insgesamt hatte ich den Eindruck, daß meine relativ tiefe Stimme eine beruhigende Wirkung auf ihn ausübte, denn besonders in der Dunkelheit braucht ein Kind eine Vertrauensperson, von der Schutz und Sicherheit ausgehen. Auch in seinem Kinderzimmer sprach ich noch eine Weile mit ihm, bis er einschlief und ich das Licht ausmachen konnte. Die Zimmertür ließ ich dann noch eine Weile einen Spalt offen.

Spät abends kam meine Frau nach Hause und sah dann noch durch den Kinderzimmer-Türspalt unseren friedlich schlafenden Sohn.

Ein harmonisches Familienidyll, könnte man meinen. Und das meinte ich damals auch. Doch die zunehmende Unzufriedenheit meiner Frau war unverkennbar. Diese Verstimmung steigerte sich noch, als unser Sohn verschiedentlich zu erkennen gab nicht von seiner Mutter sondern von seinem Vater auf den Arm genommen zu werden wünschte. Ich versuchte, meine Frau zu beruhigen und führte das Verhalten unseres Sohnes darauf zurück, daß ich mehrheitlich abends mit ihm allein sei. Dies war sicher ein Grund; wahrscheinlich kam jedoch hinzu, daß ich eine etwas unkompliziertere Art hatte, mit unserem Sohn umzugehen. So durfte er auch schon mal Werkzeuge anfassen, mit denen ich verschiedentlich hantierte.

Unser Sohn hatte das zweite Lebensjahr erreicht und die Sorge meiner Frau wurde größer, sie könne als Mutter in meinem väterlichen

Schatten stehen. Wir schrieben das Jahr 1989 und die Schulferien standen an. Meine Frau machte den Vorschlag, die Ferien mit unserem Sohn im Haus ihrer Mutter – etwa 5 km von unserem Haus entfernt – zu verbringen, damit sich unser Sohn voll und ganz an sie gewöhne. Ich könne in dieser Zeit liegengebliebene berufliche und handwerkliche Arbeiten erledigen. Sinn habe diese Zeit aber nur, wenn ich für einige Wochen auf Kontakte mit unserem Sohn verzichten würde. Nach einigem Zögern stimmte ich diesem Plan zu, was ein großer Fehler war! Mein Sohn sollte nie mehr in sein Vaterhaus zurückkehren!

3. Die Kindesentführung durch Ehefrau und Schwiegermutter.

Über diesen Rechtsbruch schreibe ich nur ungern in allen Einzelheiten, da Leser und Leserinnen zur Nachahmung ermutigt werden könnten. Zwar stellt der Strafrechtsparagraf 235 die Kindesentführung unter Strafe, es gibt jedoch Tricks und juristische Winkelzüge, diesen Paragrafen auszuhebeln. Zum Beispiel dadurch, daß man behauptet, die Entführung ursprünglich gar nicht fest geplant zu haben. Bei meiner Frau und meinem Sohn war eine Situation gegeben, in der ich einem zeitlich begrenzten Urlaub von Mutter und Kind bei meiner Schwiegermutter zugestimmt hatte. An dem Tag, an dem meine Schwiegermutter Tochter und Enkelkind zu sich holte, kam ich spät aus der Hochschule und begutachtete das leere Kinderzimmer, was mich natürlich schmerzte. Auch schienen mir beide Frauen nahezu alle Kindersachen mitgenommen zu haben, was mich zunächst natürlich stutzig machte. Ich tröstete mich dann aber mit der Gewißheit, daß der Abschied von meinem Sohn nur vorübergehend sein würde.

In den darauffolgenden Tagen und Wochen war meine Frau nahezu täglich kurze Zeit in unserem Haus, da sie noch ihr voll eingerichtetes Arbeitszimmer hatte und auch einen Teil ihrer Kleidung noch nicht mitgenommen hatte. Sie besaß selbstverständlich noch sämtliche Hausschlüssel und konnte unser Haus zu jeder Tages- und Nachtzeit betreten. Auch saß sie verschiedentlich in ihrem Arbeitszimmer und bereitete für den Schulbeginn nach den Ferien etwas vor. In Gesprächen mit ihr erinnerte ich sie immer wieder daran, daß die Abwesenheit unseres Sohnes aus seinem Vaterhaus verabredungsgemäß nur vorübergehend sein dürfe. Meine Frau bat mich um Geduld und wies darauf hin, daß der Gewöhnungsprozeß unseres Sohnes an seine Mutter noch nicht abgeschlossen sei und ich diesen Prozeß doch bitte nicht stören möge. In meiner noch immer bestehenden Arglosigkeit fand ich mich zunächst noch damit ab, obwohl meine Zweifel an der redlichen Absicht meiner Frau wuchsen.

Im Nachhinein ärgere ich mich über meine damalige Naivität: natürlich war die Absicht beider Frauen, mir meinen Sohn zu entfremden und ihn auf Mutter und Oma zu prägen. Man muß kein großer Psychologe sein, um zu wissen, daß der nahezu ausschließliche Umgang eines Kindes mit einer oder zwei Bezugspersonen das Kind in seinen ersten Lebensjahren auf diese Personen »prägt«, was bedeutet, daß ein Kind bedingungsloses Vertrauen zu diesen Personen faßt.

Meiner Schwiegermutter kam diese Entwicklung sehr entgegen, hatte sie doch nach dem Tod ihres Mannes wieder eine Lebensaufgabe gefunden. Meine Frau war mit der Trennung von Vater und Sohn auch höchst zufrieden, zumal ihre partnerschaftlichen Gefühle mir gegenüber erkaltet waren. Auch konnte sie somit den Diskussionen über gesunde Ernährung aus dem Weg gehen, was immer wieder zu Verstimmungen geführt hatte.

Als mir immer klarer wurde, daß Ehefrau und Schwiegermutter meinen Sohn nicht wieder in sein Vaterhaus zurückbringen würden, beschloß ich, dies auf juristischem Weg zu erreichen. In meinem Freundeskreis erzählte ich natürlich von meiner Situation. Meine Freunde waren empört und schlugen mir vor, gemeinsam meinen Sohn in einem »Handstreich« aus dem Haus der Schwiegermutter herauszuholen. Ich lehnte ab, da ich auf den Rechtsweg setzte. Kurze Zeit später kam der Vorschlag, in großen schwarzen Buchstaben an die Hauswand meiner Schwiegermutter zu schreiben: »Hier wohnen zwei Kindesentführerinnen«. Auch diesen Vorschlag lehnte ich ab. Immer wieder wurde ich jedoch an eine damalige Äußerung meines verstorbenen Schwiegervaters erinnert, der einmal sagte: »Was der Mann an Kraft und Intelligenz hat, das hat die Frau an weiblicher List«.

4. Das Verhalten des Jugendamtes.

Bevor das Jugendamt des Landkreises tätig wurde, gab es noch verschiedene Begegnungen mit meiner Frau, die ausnahmslos sachlich verliefen, wobei jedoch immer klarer wurde, daß sie das alleinige Sorgerecht über unseren Sohn anstrebte und anschließend unsere Ehe auflösen wollte. Ich wußte zwar, daß in der überwiegenden Zahl der Ehescheidungen (über 70 %) die Frau die Auflösung von Ehe und Familie betreibt, wollte jedoch zunächst nicht wahrhaben, daß dies auch meine Familie betreffen sollte. Ganz besonders bedrückte mich die inzwischen mehrere Monate andauernde Trennung von meinem Sohn, zumal ich noch voll sorgeberechtigt war. Hilfesuchend wand ich mich an einen Staatsanwalt am Amtsgericht, dem ich meine Situation schilderte und der mir riet, Strafantrag gegen meine Ehefrau zu stellen. Da das Beschreiten des Strafrechts in der schwelenden Familienangelegenheit keine Fortschritte bringen konnte und ich darüber hinaus meine Ehefrau schonen wollte, stellte ich keinen Strafantrag gegen sie. Auch dies könnte ein Fehler gewesen sein!

Mehrere Briefe, die ich meiner Frau im Verlauf des Jahres 1989 schrieb und die zum Ziel eine Familienzusammenführung hatten, blieben entweder unbeantwortet oder wurden abschlägig beschieden. Auch persönliche Aussprachen, bei denen ich den unheilvollen Einfluß ihrer Mutter erwähnte, blieben wirkungslos. Meine damalige Ehefrau wollte den Vater-Sohn-Kontakt unter allen Umständen verhindern. Erinnerungen an Urkunden über den »besten Vater der Welt« stiegen in mir auf, die bei meinem Geburtstag oder anderen Anlässen auf dem Gabentisch lagen. »Madonna e mobile« heißt es in der Verdi-Oper »Rigoletto«.

Jahrzehnte lang war das Thema »Familienzusammenführung« zwischen der DDR und der BRD ein hochaktuelles Thema. Politisch-ideologische Grenzen hinderten getrennte Familien daran, zusammen zu kommen. Damals wurde mir klar, daß feministisch-ideologische Grenzen eine viel undurchdringlichere Grenze sein können. Ironie der Geschichte! Noch in 1989 wird die innerdeutsche Grenze

überwunden und Familien finden zusammen. Die feministisch-ideologische Grenze blieb bis heute bestehen. Insofern ist dieses Buch auch
ein Zeitdokument! Mehrmals war ich in diesen bewegenden Tagen
in einem Notaufnahmelager und ließ mir von den Menschen aus der
DDR von ihrer Odyssee berichten. Verwandte, die sich jahrelang nicht
mehr gesehen hatten, fielen sich in die Arme. Ich wußte nicht, ob ich
den Fall der Berliner Mauer bejubeln oder das Auseinanderbrechen
meiner Familie beklagen sollte.

Natürlich war ich nicht überrascht, als mir die Durchschrift des
Schreibens eines Anwalts ins Haus flatterte, woraus hervorging, daß
meine Frau den Entzug des väterlichen Sorgerechts vor dem Familiengericht beantragt. Begründung: die Ehe sei gescheitert. Vom Familiengericht wurde ich zur Stellungsnahme aufgefordert. Wegen der
aggressiven Wortwahl des Anwalts meiner Frau beschloß ich, selbst zu
antworten, um einen Krieg der Anwälte zu vermeiden. Ich schilderte
dem Familiengericht die Situation meiner Familie und ermutigte
meine Frau zur Wiederaufnahme der Lebensgemeinschaft. Wie immer wählte ich eine maßvolle Sprache. Inzwischen war das Jugendamt durch das Familiengericht informiert worden und eine Sozialarbeiterin besuchte im August 89 meine Frau und meinen Sohn im
Haus meiner Schwiegermutter. In ihrem Schreiben an das Familiengericht teilt die Sozialarbeiterin mit: »Herr H. E., der als Professor an
der – Hochschule tätig sei, habe sich bis zur Trennung der Eheleute
sehr um den Sohn bemüht«. Danach zitiert sie eine nahezu unglaubliche Schutzbehauptung meiner Frau: »Nachdem Frau H. E. gegen den
Willen ihres Mannes die eheliche Wohnung mit dem Kind verlassen
habe, lehne er jeglichen Kontakt zu dem Jungen ab, obwohl ihm die
Kindesmutter angeboten habe, den Jungen in L. zu besuchen«.

Schließlich empfiehlt die Sozialarbeiterin dem Gericht, der Mutter
des Kindes das vorläufige alleinige Sorgerecht zu übertragen, da Mutter
und Großmutter zur Betreuung des Kindes zur Verfügung stehen.

Die Aussagen meiner Frau sind insofern von Interesse, als sie zumindest zugibt, daß ich mich sehr um unseren Sohn bemüht habe
und mir sonst nichts zuschulden kommen ließ. Dann bestätigt sie die
Kindesentführung, indem sie zugibt, gegen den Willen ihres Mannes

die eheliche Wohnung mit dem Kind verlassen zu haben. Über die Schutzbehauptung, ich lehne jeglichen Kontakt zu dem Jungen ab, muß man eigentlich nichts sagen. Mein bisheriges Engagement für unseren Sohn widerlegt diese Behauptung. Auch hat mir meine Frau nie angeboten, unseren Sohn zu treffen. Ganz im Gegenteil hat sie Vater-Sohn-Kontakte strikt verhindert!

Am 14. 09. 89 besuchte mich ein Vertreter des Jugendamtes, um mit mir die Frage des Sorgerechts über meinen Sohn zu erörtern. Ich erkläre, daß ich auf mein väterliches Sorgerecht nicht verzichten möchte und Vater-Sohn-Kontakte im Rahmen einer Familienzusammenführung bevorzuge. Da dem Sozialarbeiter die Haltung meiner Frau bekannt war, befürwortete auch er die Übertragung des vorläufigen alleinigen Sorgerechts auf meine Frau. Das Familiengericht reagierte darauf mit der Ankündigung, über das Sorgerecht im schriftlichen Verfahren ohne mündliche Anhörung entscheiden zu wollen.

Das Jugendamt sollte später im Zusammenhang mit Vater-Sohn-Kontakten noch eine bedeutende Rolle spielen.

5. Versuche, Kontakt mit meinem Sohn zu bekommen.

Nach der Ankündigung des Familiengerichts, über das Sorgerecht bezüglich meines Sohnes im schriftlichen Verfahren entscheiden zu wollen, schrieb ich am 28. 10. 89 an das Familiengericht, daß es meines Erachtens im Kindesinteresse läge das elterliche Sorgerecht bestehen zu lassen und die familiäre Lebensgemeinschaff wiederaufzunehmen. Immerhin erreichte ich dadurch, daß ein mündlicher Verhandlungstermin vor dem Familiengericht für den 17. 11. 89 festgelegt wurde. Wegen unaufschiebbarer Lehrverpflichtungen am Montag- und Freitagvormittag (der Termin 17. 11 lag am Freitagvormittag) bat ich das Gericht, den Termin zu verlegen. Ich erklärte mich bereit, alle anderen Lehrverpflichtungen so zu legen, daß ich an jedem anderen Wochentermin vor Gericht erscheinen könne. Die Montags- und Freitagstermine seien innerhalb meines Fachbereichs jedoch – insbesondere wegen extrem hoher Studentenzahlen – nicht disponibel.

Inzwischen hatte meine Ehefrau einen Anwalt eingeschaltet, der beantragte, auf eine mündliche Verhandlung zu verzichten. Trotzdem wurde erneut ein mündlicher Termin für den Vormittag des 19. 01. 90 (wieder ein Freitag!) festgelegt. Wegen des zu Ende gehenden Wintersemesters konnte ich diesen Termin wahrnehmen und beantragte, das elterliche Sorgerecht über unseren Sohn bestehen zu lassen. Meine Ehefrau beantragte das alleinige Sorgerecht für sich.

Am 17. 02. 90 wurde mir das Urteil der Familienrichterin (selbst alleinerziehende Mutter) per Post zugestellt. Dadurch wurde mir das väterliche Sorgerecht für die Zeit des Getrenntlebens entzogen. Begründung: durch die Kindesentführung sei eine Entfremdung zwischen Vater und Sohn eingetreten, so daß der Sohn inzwischen Mutter und Großmutter als seine Bezugspersonen wahrnehme. Außerdem könne ich – wegen meiner Berufstätigkeit – tagsüber keinen Kontakt mit meinem Sohn haben. Und schließlich sei ein gemeinsames Sorgerecht schon deshalb unpraktikabel, da sich meine Ehefrau dem widersetze. Ein Umgangsrecht zu meinem Sohn wurde mir nicht eingeräumt.

Leider können Mütter, die das alleinige Sorgerecht über ihr Kind erreichen möchten, meiner Schilderung entnehmen, wie man vorzugehen hat. Man schafft einfach vollendete Tatsachen! In der Politik nennt man es die »Normative Kraft des Faktischen«.

Der erste Versuch, Kontakt mit meinem Sohn zu bekommen, schlug also fehl! Nachdem ich die erste Enttäuschung über das Urteil ein wenig verdaut hatte, schrieb ich meiner Ehefrau am 16.07.90 einen Brief, in dem ich eine familieninterne Regelung unseres Getrenntlebens und des Umgangs mit unserem Sohn anmahnte. Am 30.10.90 erhielt ich eine kurze handschriftliche Mitteilung meiner Ehefrau, wodurch sie mir mitteilte, daß sie nicht die Absicht habe, ihre bisherige Entscheidung zurückzunehmen.

Am 16.03.91 schrieb ich meiner Ehefrau erneut, dieses Mal zur Abgabe unserer gemeinsamen Steuererklärung und zur Erörterung unseres Getrenntlebens. Die Abgabe der gemeinsamen Steuererklärung funktionierte; ein Gespräch über unsere private Situation und unseren Sohn lehnte meine Ehefrau jedoch ab. Das Erreichen des alleinigen Sorgerechts genügte ihr einstweilen. Da ich jedoch inzwischen keinen Sinn mehr darin sah, mit einer Frau formal verheiratet zu sein, die Ehe und Familie mit mir ablehnt, schrieb ich ihr erneut am 15.07.91, um ein Gespräch über eine eventuelle Ehescheidung zu führen. Auch versprach ich mir dadurch eine Möglichkeit des Umgangs mit meinem Sohn, was meine Ehefrau nach wie vor verweigerte. Trotz verschiedener Terminvorschläge meinerseits kam es nicht zu diesem Gespräch. Telefonisch teilte mir meine Ehefrau mit, daß sie am 12.10.91 mit einem Lieferwagen einige Einrichtungsgegenstände aus »unserem« Haus abtransportieren werde, was denn auch geschah. Diese Teile waren ihr persönliches Eigentum, was ich nicht bezweifelte. Nach wie vor war sie im Besitz der Hausschlüssel.

Um die Kontaktverweigerung meiner Ehefrau gegenüber unserem Sohn vielleicht doch durchbrechen zu können, schrieb ich ihr am 04.11.91 und bat sie, mit unserem Sohn am 13.11.91 an einem Nachmittag zu mir zu kommen, damit ich endlich mal wieder Kontakt mit meinem Sohn haben kann. Mit Schreiben vom 09.11. 91 lehnt meine Ehefrau den Vorschlag unter einem Vorwand ab.

Sie vergaß jedoch nicht, hinzuzufügen, daß sie ein Treffen mit meinem Sohn in dem inzwischen von mir allein bewohnten Haus auf jeden Fall verhindern werde.

Auch der von mir für den 20.11.91 vorgeschlagene Termin für ein Treffen mit meinem Sohn wurde von meiner Ehefrau abgesagt.

Es wurde oft gefragt, warum Mütter ihre Kinder entführen, obwohl sie bestätigen, mit einem fürsorglichen Kindesvater zusammengelebt zu haben, dem auch als Partner nichts vorzuwerfen war.

Auch bei der mündlichen Verhandlung vor dem Familiengericht am 19.01.90 wurde mir bestätigt, zu meinem Sohn ein intensives und herzliches Verhältnis gehabt zu haben. Auch hat mir meine Ehefrau keinerlei partnerschaftliche Verfehlungen vorgeworfen. Wozu also die Kindesentführung? Ich sehe dafür im wesentlichen 2 Gründe:

1.) Die Kindesentführung war ein Teil des Geschlechterkampfes.

2.) Meine Ehefrau wollte meine körperliche, geistige und psychische Belastbarkeit testen.

Der Geschlechterkampf hat im allgemeinen das Ziel, das Gleichgewicht in einer Partnerschaft zu eigenem Gunsten zu verändern. Ein Partner verschafft sich oft durch Anwendung einer List einen einseitigen Vorteil, um den Gegenpartner zu dominieren, ja manchmal zu erniedrigen und zu demütigen. Es gibt viele Beispiele in der Menschheitsgeschichte und in der Mythologie für diese Vorgehensweise. Dalila nutzte den Schlaf des starken Samson, um ihn seiner Stärke zu berauben, die in seinen Haaren lag. Judith schwächte in einer ausgiebigen Liebesnacht den Befehlshaber der babylonischen Truppen Holofernes so sehr, daß es ihr leicht möglich war, sein Haupt abzuschlagen, um so den Juden die Flucht in die Heimat zu ermöglichen. Turandot gibt ihren Liebhabern unlösbare Rätsel auf, um sie anschließend töten zu lassen. Bei Penthesilea, der Anführerin der Amazonen, endete der Kampf gegen Achill jedoch mit einer Niederlage, da sie auf die

Anwendung einer List verzichtete und der Ritterlichkeit ihres Gegners ihr Überleben verdankte. Auch die kluge Scheherazade spielt eine Rolle im Geschlechterkampf der Menschheitsgeschichte. Sie erzählt ihrem zukünftigen Gatten, dem König von Samarkand, der sie töten wollte, in tausend und einer Nacht immer wieder neue Geschichten, bis sie seine Liebe entfacht hatte und seine Gattin wurde. So kann die weibliche List auch zu etwas Gutem führen! Schlimm erging es jedoch Johannes dem Täufer, dem Salome das Haupt abschlagen ließ, nachdem sie gegen den Gottesmann bei Herodes Antipas intrigiert hatte. – Schluß mit der Geschichte! Wenn ich die Rolle der hier aufgeführten Männer mit meiner Situation vergleiche, dann bin ich mit der Entführung meines Sohnes noch recht glimpflich davongekommen!

Kindesentführungen durch die Mutter des Kindes haben gegenüber dem Kindesvater nach meiner Überzeugung auch noch ein anderes Motiv. Selbstverständlich denke ich auch hier nur an fürsorgliche Väter, die für Frau und Kind keinerlei Gefahr oder Bedrohung darstellen. Jede normal empfindende Frau wünscht sich einen körperlich, geistig und psychisch starken Mann, der ihr in kritischen Lebenssituationen Schutz und Beistand bieten kann. Dieses Verhaltensmuster hat sich in etwa zweimillionen Jahren Menschheitsgeschichte herausgebildet und wirkt auch heute noch fort, obwohl eine Frau in der heutigen Zeit durch Polizei und Justiz, immer öfter auch durch eigenes Handeln, den nötigen eigenständigen Überlebensstatus erreicht. Verhaltensforschung in Verbindung mit Evolutionsmedizin und Sozio-Biologie bestätigen immer wieder das Fortwirken archaischer Mechanismen aus vieltausend Generationen Menschheit. Und so testet die kindesentführende Mutter die Belastbarkeit des Kindesvaters. Bricht er unter dem Ereignis zusammen, dann war er nicht der erhoffte starke Partner. Widersteht er jedoch der Herausforderung, so hat er den »Test« zwar bestanden, ist allerdings in seiner menschlichen Würde so sehr verletzt, daß die Partnerschaft darüber zerbricht. In meinem Fall hatte ich die Kraft, mein bürgerliches Leben auch ohne meinen Sohn weiterzuführen. Im Beruf und Privatleben gelang mir eine gewisse Normalität, obwohl mir dies manchmal schwer fiel. Das leere Kinderzimmer habe ich jedoch lange Zeit nicht betreten!

Nachdem Kontakte mit meinem Sohn im Rahmen einer Familienzusammenführung nicht zustande gekommen waren und auch Versuche gescheitert waren, mit meiner Ehefrau privat Treffen zu vereinbaren, stellte ich am 28.11.91 einen Antrag an das Familiengericht auf regelmäßige Treffen mit meinem Sohn. Meiner Ehefrau schrieb ich am 07.12.91 von diesem Antrag, betonte aber, daß ich eine einvernehmliche Lösung mit ihr bevorzugen würde.

Am 18.12.91 ereicht mich ein Schreiben des Jugendamtes bezüglich meines Antrags auf Besuchsregelung: es wird meiner Ehefrau und mir persönliche Vereinbarung empfohlen – was ich ja schon vergeblich versucht hatte! Das Weihnachtsfest 91 verging ohne Kontakt mit meinem Sohn; am 03.01.92 schrieb ich meiner Frau, sie habe eine letzte Möglichkeit, Treffen mit meinem Sohn mit mir zu vereinbaren – sonst müsse das Familiengericht entscheiden.

In jenen Tagen ging eine Anfrage des Einwohnermeldeamtes bei mir ein bezüglich des Wohnsitzes meiner Ehefrau. Ich teilte mit, daß sie sich momentan bei ihrer Mutter in L. aufhalte, weiterhin im Besitz der Schlüssel des mit mir gemeinsam bewohnten Hauses befinde und sich dort auch gelegentlich aufhalte, da sich ein Teil ihres Eigentums in diesem Haus befinde. Die Frage des Wohnsitzes sei also nicht eindeutig.

Am 08.01.92 schreibt mir meine Ehefrau, daß sie getrennte Gespräche über das Besuchsrecht unseres Sohnes im Jugendamt akzeptiere: zu weiteren Fragen werde sich ihr Anwalt äußern. Auf ein Schreiben, welches ich am 10.01.92 vom Jugendamt erhielt, erkläre ich mich zu gemeinsamen Gesprächen bereit.

Mit Schreiben vom 28.01.92 teilt das Jugendamt dem Familiengericht mit, daß ich zu einem gemeinsamen Gespräch mit meiner Ehefrau zur Klärung des Umgangs unseres Sohnes mit mir bereit sei: meine Ehefrau lehne dies jedoch ab. Darauf erhalte ich am 05.02.92 vom Familiengericht eine Ladung »zur mündlichen Anhörung der Eltern« für Freitag den 20.03.92 vormittags. Diese terminliche Ansetzung war insofern überraschend, als ich der Familienrichterin bereits früher mitgeteilt hatte, daß ich aus beruflich unabweisbaren Gründen an einem Montagvormittag und einem Freitag Vormittag unabkömmlich sei. Jeder andere Wochentermin stünde zur Verfügung. Insbesondere der Freitagvormittag, an dem die zur Anerkennung des Semesters erforderlichen Maschinenlabor-Übungen angesetzt waren, stand nicht zur Disposition. Wegen extrem hoher Studentenzahlen gab es keine Ausweichmöglichkeiten, auch nicht im Stundenplan meines Fachbereichs. Dies alles teilte ich der Familienrichterin schriftlich mit – ohne Erfolg! Sie bestand auf der (mir nicht möglichen) Einhaltung des Termins. In einem weiteren Schreiben machte ich den Vorschlag, den Termin 20.03.92, 9.00 h auf 11.30 h zu verlegen, denn durch Straffung der Laborversuche glaubte ich, den Termin am späten Vormittag einhalten zu können. Welch ein Wunder! Die Familienrichterin stimmte zu!

Mit Schreiben vom 26.02.92 beantragt der Anwalt meiner Ehefrau, das Familiengericht möge einer Besuchsrechtsregelung für meinen Sohn nicht zustimmen, da ihm der eigene Vater inzwischen fremd geworden sei.

Wie die Schilderung des bisherigen Verlaufs meiner Bemühungen um meinen Sohn zeigt, hatte ich praktisch keine Möglichkeit zur direkten Kontaktaufnahme. Ich grüßte ihn in den Schreiben an meine Ehefrau, tat dies auch mündlich bei gelegentlichen Begegnungen mit ihr, ohne zu wissen, ob diese Grüße auch ankamen. Inzwischen wurde mein Sohn 4 Jahre alt – und so beschloß ich, ihm zu seinem Geburtstag mit großen Blockbuchstaben einen Brief in kindlicher Sprache zu schreiben – was ich dann auch tat.

In den darauffolgenden Jahren habe ich ihm über 50 Briefe geschrieben – jeweils in einer seinem Alter angemessenen Sprache. Bei einer späteren Begegnung mit meiner Frau sagte sie, daß unser Sohn diese Briefe erst dann zu lesen bekomme, wenn er reif dafür sei. Den Zeitpunkt der Reife werde sie bestimmen!

Am 20.03.92 kommt es tatsächlich zur mündlichen Verhandlung vor dem Familiengericht, wobei meine Ehefrau ihre bisherige Absicht bekräftigt, den Kontakt meines Sohnes mit mir weiterhin verhindern zu wollen. Ich beantrage ein schriftlich formuliertes Umgangsrecht mit

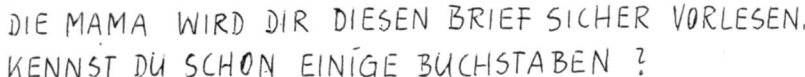

████████, DEN 06. 03. 1992

LIEBER ████████ !

WENN DU DIESEN BRIEF BEKOMMST,
DANN WIRST DU 4 JAHRE ALT. DAZU
WÜNSCHE ICH DIR ALLES GUTE !
DEINEN PAPA WIRST DU NICHT
MEHR KENNEN ! WIR WERDEN
UNS ABER BALD WIEDERSEHEN.
DANN KÖNNEN WIR MITEINANDER
SPIELEN UND SPORT TREIBEN.
VIELE GRÜSSE VON DEINEM PAPA

DIE MAMA WIRD DIR DIESEN BRIEF SICHER VORLESEN.
KENNST DU SCHON EINIGE BUCHSTABEN ?

meinem Sohn. Wegen der Unvereinbarkeit der verschiedenen Standpunkte verpflichtet die Familienrichterin meine Ehefrau und mich, das Beratungsangebot des Jugendamtes anzunehmen. Das Verfahren wurde vorläufig für die Dauer von 4 Monaten ausgesetzt.

Auf Vorschlag des Jugendamtes kommt es am 23.04.92 in diesem Amt zu einem Treffen zwischen meiner Frau und mir, wobei meine Ehefrau nach längerer Diskussion zustimmt, Kontakte zwischen meinem Sohn und mir bis zur Jahresmitte 92 zu ermöglichen. Sie übergibt die Schlüssel des inzwischen allein von mir bewohnten Hauses. Überraschender Weise kommt es jedoch noch zur Abgabe einer gemeinsamen Einkommenserklärung für 1991.

Inzwischen hatte der Anwalt meiner Ehefrau mit Schreiben vom 08.04.92 an das Familiengericht die Scheidung unserer Ehe beantragt – was nicht überraschte.

Der mündliche Termin für die Scheidungsverhandlung wurde auf den 17.07.92 festgelegt. Ich beauftragte den Anwalt mit meiner Vertretung, der meine Frau und mich bereits vor unserer Eheschließung in der Abfassung eines Ehevertrages beraten hatte. Am 29.06.92 erhielt ich jedoch ein Schreiben »meines« Anwalts, in dem er mir mitteilt,

25

mich in meiner Scheidungsangelegenheit nicht vertreten zu können, da er für meine Frau und mich gemeinsam bereits früher anwaltlich tätig geworden sei. So stand ich also kurz vor dem Scheidungstermin ohne Anwalt da; denn es gelang mir nicht, kurzfristig einen anderen Anwalt zu verpflichten.

Mit Schreiben vom 02.07.92 an das Familiengericht stellte der Anwalt meiner Frau Forderungen bezüglich des Unterhalts für meinen Sohn, für den ich während der Zeit des Getrenntlebens selbstverständlich monatlich einen reichlich bemessenen Geldbetrag überwiesen hatte. Dem Gericht schickte ich die Unterlagen über meine Einkommensverhältnisse und wies darauf hin, daß es zwischen meiner Frau und mir bisher nicht zu Geldstreitigkeiten gekommen sei. Meinem Sohn fehle es nicht an Geld, ihm fehle der Vater!

Am 17.07.92 wurde dann unsere Ehe auf Antrag meiner Frau geschieden. Der Familienrichterin erklärte ich, daß mein Anwalt sein Mandat aus standesrechtlichen Gründen zurückgeben mußte und ich in der Kürze der Zeit keinen Vertreter finden konnte. Mir wurde erklärt, daß die Scheidung auch dann ausgesprochen werden könne, wenn ich anwaltlich nicht vertreten sei und keine Anträge stellen würde. Ich stimmte zu, wies jedoch darauf hin, daß ich mich sehr wohl zu Wort melden würde, wenn im Zusammenhang mit meiner Person grob wahrheitswidrige Behauptungen aufgestellt würden. Nach der Verhandlung war unsere Ehe geschieden, meiner Frau wurde das alleinige Sorgerecht übertragen, die Unterhalts-Zahlung für meinen Sohn wurde einvernehmlich festgelegt, ein Umgangsrecht für meinen Sohn und mich wurde nicht beschlossen.

Während der mündlichen Verhandlung verteilte die Familienrichterin ein Schreiben des Jugendamtes, wonach sich meine Frau bei der Besprechung in diesem Amt am 23.04.92 bereit erklärt hat, innerhalb von 2 Monaten Kontakte meines Sohnes mit mir zu ermöglichen. Daß sich meine Frau an diese Vorgabe nicht gehalten hat, war zu erwarten. Auch habe ich in Kenntnis des bisherigen Verhaltens meiner Frau diesem Zugeständnis keine besondere Bedeutung gegeben, was sich durch das Ergebnis der Scheidungsverhandlung bestätigte.

Interessant, zum Teil unglaublich ist die schriftliche Begründung der

Familienrichterin für den endgültigen Entzug des väterlichen Sorgerechts und für die Verweigerung eines Umgangsrechts. Das alleinige mütterliche Sorgerecht resultiere aus der Entfremdung des Sohnes gegenüber dem Vater. Die Umgangs-Verweigerung sei gerechtfertigt, »da der Antragsgegner seine Frau offenbar ungewollt intensiv und häufig vor Gericht verletzt hat«.

Ganz offensichtlich ist es vor einem deutschen Gericht nicht mehr zulässig, eine Kindesentführung – die von der Ehefrau selbst nicht bestritten wird – als solche zu bezeichnen und mit maßvollen Worten zu kritisieren, zumal diese Tat nach § 235 StGB strafbar ist. Außerdem steht jedem Elternteil nach § 1684 BGB ein Umgangsrecht mit dem eigenen Kind zu, wenn nicht wirklich schwerwiegende Gründe dagegen sprechen. Insofern hat ein Familiengericht einen gewissen Ermessensspielraum. In Gesprächen mit vielen Vätern in ähnlicher Situation innerhalb der ISUV (Interessen- und Schutzgemeinschaft unterhaltspflichtiger Väter und Mütter), die auch mit »meiner« Familienrichterin zu tun hatten, hieß es übereinstimmend: Als Mann haben sie bei der keine Chance auf Umgangsrecht!

An dieser Stelle sollte einiges zu der Familienrichterin, Frau S. T. gesagt werden. Diese Frau gehört nach meiner Einschätzung zu einer Gruppe der Spät-Achtund-Sechziger, die über einen »Marsch durch die Institutionen« die gesellschaftlichen Verhältnisse in Deutschland kippen wollen. Dr. Röhl, der ehemalige Ehemann der Terroristin Ulrike Meinhof, sprach mehrmals davon, daß es nach seiner Einschätzung drei negative »Errungenschaften« der achtundsechziger Studentenbewegung gegeben habe: Terrorismus, Rauschgiftkriminalität und Fundamental-Feminismus. An Häuserwänden konnte man lesen: »Buback, Ponto, Schleyer – der Nächste ist ein Bayer!« Damals lebte Franz-Josef Strauß noch!

Die Rauschgiftkriminalität bagatellisierte man mit dem Spruch: »Hast du Haschisch in den Taschen, hast du immer was zu naschen!«. Schließlich warben die Feministinnen mit dem Ausspruch: »Frauen-Power macht Männer sauer!«.

Über allem stand die flapsige Lebensphilosophie: „Wissen ist Macht. Wir wissen nichts. Macht nichts!"

Der politischen Aussage „Freiheit statt Sozialismus" begegnete man mit dem Spruch: „Freibier statt Rheumatismus"!

Eine gewisse Originalität kann man diesen Sponti-Slogans zugegebener Maßen nicht absprechen!

Am 09.06.92 sprach die damalige Hessische Frauenministerin Heide Pfarr auf einer Veranstaltung Hessischer Frauenverbände, zu der Männer keinen Zutritt hatten. Mitveranstalterin, auf dem Podium sitzend, Frau S. T., »meine« Familienrichterin. Aus einem Bericht einer mittelhessischen Zeitung vom 11.06.92 ging hervor, daß von den Referentinnen festgestellt wurde, »es sei ein positives Zeichen, wenn immer mehr Frauen die Auflösung von Ehe und Familie anstrebten«. Frau S. T. fühlte sich ganz offenbar nicht dem Artikel 6 des Grundgesetzes verpflichtet, wonach die Familie unter dem besonderen Schutz des Staates steht. In den Tagen nach dem Erscheinen des genannten Zeitungsartikels las man eine Reihe von Zuschriften empörter Frauen, die an der fraglichen Veranstaltung teilgenommen hatten und sich von deren Verlauf und Inhalt distanzierten. »Meine« Familienrichterin gehörte vor ein Richter-Dienstgericht und nicht in das hochsensible Amt, welches sie bekleidete, ist meine Überzeugung.

Zu den Auswirkungen der achtundsechziger Bewegung ist noch zu sagen, daß diese Art des Aufbruchs auch ein entscheidender Motor der Kulturentwicklung sein kann, indem durch ihn gegen Widerstände Änderungen durchgesetzt werden, die eine Gesellschaft voran bringen.

Nach dem Gesagten und Erlebten war mir klar, daß ich auf dem Weg zu Kontakten mit meinem Sohn noch eine lange Wegstrecke vor mir hatte. Die Grenze zwischen den beiden deutschen Staaten war gefallen; die Grenze zwischen mir und meinem nur 5 km entfernten Sohn jedoch nicht!

Nach ausgesprochener Scheidung hatte meine nun ehemalige Frau noch einen Monat lang die Möglichkeit, das Urteil rückgängig zu machen und unserem Sohn ein vaterloses Aufwachsen zu ersparen. Ich wies sie in einem Brief darauf hin, war jedoch über ihre Ablehnung nicht überrascht. Schließlich strebte sie ja den Status einer Alleinerziehenden an.

Im September 92 machte ich einen zunächst letzten schriftlichen

Versuch, meine Ex-Ehefrau dazu zu bewegen, Kontakte mit meinem Sohn zu ermöglichen. Natürlich erfolglos! Wegen des andauernden rechtswidrigen Verhaltens meiner Ex-Frau entschloß ich mich, gegen sie Strafantrag wegen Kindesentführung und Kindesentziehung zu stellen. Mit Schreiben vom 17.09.92 erläuterte ich der Staatsanwaltschaft die näheren Umstände und betonte, den Strafantrag zurückzuziehen, wenn meine Ex-Frau Kontakte mit meinem Sohn ermöglichen würde. Auch erinnerte ich an das Schreiben des Jugendamtes, wonach meine damalige Frau Vater-Sohn-Kontakten bis zur Jahresmitte 92 zugestimmt hatte. Der Strafantrag wurde von der Staatsanwaltschaft unter Festlegung eines Aktenzeichens und eines Staatsanwalts angenommen; die Ermittlungen begannen.

Der Strafantrag richtete sich gegen meine Ex-Frau und meine Ex-Schwiegermutter, da die Kindesentführung von beiden Frauen durchgeführt wurde. Nach meiner festen Überzeugung war die Ältere der beiden Frauen die »Rädelsführerin«, da sie ihren Enkelsohn in ihrem Haus haben wollte, um auf diese Weise – nach dem Tod ihres Mannes – eine neue Lebensaufgabe zu bekommen. Meiner Ex-Frau machte sie diese »Lösung« dadurch schmackhaft, daß sie ihr die Freistellung von jeglicher Hausarbeit anbot, die meiner Ex-Frau immer ein Gräuel gewesen war. Dahingegen hatte ich von meiner damaligen Frau erwartet, daß sie sich ein Jahr nach der Geburt unseres Kindes und bei nur einer halben Stelle als Lehrerin wieder an der Hausarbeit beteiligen sollte. Ich selbst war mir nie zu schade, im Haushalt kräftig mit anzupacken, so daß diese Arbeit zeitweise allein von mir erledigt wurde. Meine Ex-Frau wohnte – bis wir zusammen zogen – immer bei ihren Eltern und hatte bis zu diesem Zeitpunkt so gut wie keine Erfahrung in Haushaltsangelegenheiten. Sie war eben ein verwöhntes Einzelkind.

Wenn ich mir meine Unterlagen aus der damaligen Zeit ansehe, so wundert es mich immer wieder, mit welcher Engelsgeduld ich immer wieder auf meine Ex-Frau zugegangen bin, um Kontakt mit meinem Sohn zu bekommen. Parallel zum laufenden Strafantrag schrieb ich meiner Ex-Frau im November und Dezember 92 je einen Brief mit dem Vorschlag eines gemeinsamen Treffens mit unserem Sohn – in meinem Haus oder an einem anderen Ort, z.B. zu einem Spaziergang.

Insgeheim hatte ich die Hoffnung, den ohnehin schweren Herzens gestellten Strafantrag wieder zurückziehen zu können. Die Ablehnung meiner Ex-Frau ließ nicht lange auf sich warten. Insgesamt hatte ich den Eindruck, daß sie unseren Sohn quasi als Geisel benutzte, um meine väterliche Hilflosigkeit auszukosten, was die Theorie von der weiblichen Psycho-Grausamkeit mal wieder bestätigte. Die Kontaktverweigerung war eine eindeutige Anti-Vater und keine Pro-Kind-Haltung. Die Vorstellung, ich sei eine Gefahr für meinen Sohn, wäre geradezu absurd gewesen. Natürlich wußte meine Ex-Frau, daß mein Sohn von Kontakten mit mir profitieren würde!

Da ein Umgangsrecht für meinen Sohn und für mich über die bisher tätige Familienrichterin ganz offensichtlich nicht erreichbar war, stellte ich beim Präsidenten des Amtsgerichts den Antrag, diese Richterin wegen Rechtsverweigerung und Befangenheit durch einen anderen Richter abzulösen. Mit Schreiben vom 11.01.93 erklärt sich »meine« Familienrichterin für nicht befangen; eine Zweitschrift geht an das Oberlandesgericht welches meinen Befangenheitsantrag am 05.02.93 ablehnt. Begründung: Der Gewährung des Umgangsrechts stünde die Ablehnung meiner Ex-Ehefrau entgegen.

Inzwischen war die Staatsanwaltschaft tätig geworden; ich wurde zu einem mündlichen Termin in die Kriminalabteilung des Polizeipräsidiums geladen, wo ich am 13.01.93 den Fall der Entführung meines Sohnes schilderte. Ich erhielt die Auskunft, daß meine Ex-Frau und Ex-Schwiegermutter als Beschuldigte zu einem späteren Zeitpunkt vorgeladen und vernommen würden. Von dem zuständigen Staatsanwalt erhielt ich die Auskunft, daß sich gegenüber den Kindesentführerinnen ein Anfangsverdacht wegen Kindesentziehung ergeben habe; der zu erwartende hinreichende Tatverdacht werde zur Klageerhebung führen.

Es schien so, daß ich durch meine Beharrlichkeit Bewegung in die Angelegenheit des Umgangsrechts gebracht hatte, denn meinen Sohn hatte ich inzwischen ca. 4 Jahre nicht mehr gesehen und gesprochen. Anrufe bei meiner Ex-Frau wurden dadurch blockiert, daß sie ständig ihren Anrufbeantworter geschaltet hatte und bei Ertönen meiner Stimme den Hörer nicht abhob. Auch die Familienrichterin schien eingesehen zu haben, daß sie die Umgangsverweigerung nicht unbegrenzt fortsetzen kann. Und so setzte sie einen Termin zur mündlichen Verhandlung für den 07.05.93 fest. Thema: Umgangsrecht für meinen Sohn und für mich.

Der 07.05.93 war natürlich wieder ein Freitag: auch von der Uhrzeit 11.00 h wußte die Familienrichterin genau, daß ich sie aus beruflichen Gründen nicht einhalten konnte. Ich schrieb ihr also von meiner Verhinderung und bot ihr die Uhrzeit 11.30 h an. Ich würde die von mir durchzuführenden Laborversuche, die bis 13.00 h dauerten und von deren studentischer Teilnahme die Anerkennung des Semesters abhing, ab 11.30 h einem Laboringenieur übertragen, was für mich ein gewisses Risiko darstellte. Auch bat ich, mir einige Minuten Spielraum zu gewähren, wenn ich nicht um Punkt 11.30 h erscheinen könne. Ganz offensichtlich war geplant, neben meiner Ex-Frau auch unseren Sohn vor Gericht erscheinen zu lassen. Unabhängig davon bot ich meiner Ex-Frau auch im März 93 wieder schriftlich an, die Frage des Umgangs mit meinem Sohn mit mir einvernehmlich zu regeln. Ich wollte dem kleinen Kerl das Erscheinen vor Gericht ersparen. Als Kompromiß schlug ich der Familienrichterin und meiner Ex-Frau vor, meinem Sohn die Möglichkeit zu geben, mich vor dem Gerichtstermin kennen zulernen, um ihm einen Schock zu ersparen. Schließlich hatte er mich über 4 Jahre nicht gesehen; ich war ihm inzwischen unbekannt. Beide Frauen lehnten diesen Vorschlag ab; auch erklärte sich die Familienrichterin mit meinem Terminangebot nicht einverstanden, eine unglaubliche Mißachtung meines Berufes, der Ausbildung von Diplomingenieuren, von deren Tätigkeit auch die deutschen Juristen nicht unerheblich profitieren!

Am 07.05.93 erschien ich um 11.25 h im Familiengericht und begegnete der Familienrichterin auf der Treppe; sie erklärte mir mit einem süffisanten Lächeln, daß sie inzwischen mit meiner Ex-Frau, ihrem Anwalt und meinem Sohn kurz gesprochen habe, worauf sie diese Personen wieder nach Hause geschickt habe. Mir blieb wegen dieser Rücksichtslosigkeit zunächst die Sprache weg; durch Erkundigung in der Gerichtsverwaltung erfuhr ich, daß »meine« Familienrichterin an diesem Tag keinen Termin mehr hatte, so daß ihr eine Verhandlung ab 11.30 h ohne weiteres möglich gewesen wäre. Mein letzter Rest an

Glauben bezüglich der richterlichen Überparteilichkeit dieser Frau war dahin! Sie fühlte sich ganz offensichtlich nur der feministischen Solidarität mit meiner Ex-Frau verpflichtet.

Aus einem Protokoll über die »Verhandlung« vom 07.05.93, welches die Familienrichterin angefertigt hatte, konnte ich entnehmen, daß mein Sohn ihr erklärt hat, seinen Vater nicht treffen zu wollen, weil er dazu noch zu jung sei. Auch sei das von seinem Vater geschenkte Buch mit den Gutenacht-Geschichten für sein Alter noch nicht geeignet, deshalb lese seine Mutter ihm daraus nicht vor. Außerdem gehe er nur sehr ungern in den Kindergarten; an einigen Tagen gehe er überhaupt nicht. Meine Ex-Frau erklärte der Familienrichterin, daß sie Vater-Sohn-Kontakte weiterhin ablehnt. Sie möchte nicht mit ihrem Ex-Mann zusammentreffen. Zu den Äußerungen meines Sohnes kann man nur sagen, daß die über 4-jährige ungestörte Anti-Vater-Beeinflussung ihre »Früchte« getragen hat. Das Gute-Nachtgeschichten-Buch, welches ich meinem Sohn geschenkt hatte, ist für Kinder im Vorschulalter ausgesprochen geeignet und wurde von Pädagogen besonders empfohlen. Daß meine Ex-Frau mir nicht begegnen möchte, ist wohl nur ein Zeichen ihres schlechten Gewissens. Auch glaubt sie, dadurch Vater-Sohn-Kontakte weiterhin verhindern zu können.

Schließlich beschloß die Familienrichterin, in der Frage des Umgangsrechts für meinen Sohn und mich, ein kinderpsychologisches Gutachten einzuholen.

Am 03.06.93 erhalte ich ein Schreiben des Gerichts, wodurch mir mitgeteilt wird, dass die Dipl.-Psychologin Frau S. B. mit der Erstellung des Gutachtens beauftragt wurde. Die Gutachterin Frau S. B. wurde als erfahrene, kompetente Psychologin bezeichnet, die für das Familiengericht bereits mehrfach erfolgreich tätig gewesen sei. Es ergab sich für mich eine sonderbare Situation, da ich ja selbst in meinen Sprechstunden gegenüber Studenten und Studentinnen regelmäßig beratend tätig war, wobei es zunächst um fachliche Fragen, dann aber auch um allgemein Menschliches ging. Dabei hatte ich die Erfahrung gemacht, daß Problemstudenten meist aus zerrütteten Familien stammten, überproportional oft Kinder alleinerziehender Mütter waren. Und gerade dieses Los wollte ich meinem Sohn ersparen.

Am 09.07.93 erhalte ich wieder ein Schreiben »meiner« Familienrichterin mit der Mitteilung, daß es die beauftragte Dipl.-Psychologin abgelehnt habe, im Fall der Umgangsgewährung zwischen meinem Sohn und mir tätig zu werden. Man habe als Ersatz-Gutachterin eine Diplom-Pädagogin beauftragt. Da auch diese Frau einen Doppelnamen mit den Anfangsbuchstaben S. B. trug, werde ich im Folgenden nur von der Gutachterin schreiben.

Die Ablehnung der Dipl.-Psychologin legt die Vermutung nahe, daß sie nicht Erfüllungsgehilfin in einer Angelegenheit werden wollte, in der meinem Sohn und mir ganz offensichtlich das Umgangsrecht vorenthalten werden sollte.

Wegen der Vorkommnisse um die mündliche Verhandlung am 07.05.93, an der ich nicht teilnehmen konnte, weil die Familienrichterin auf meine Bitte um eine halbstündige Verschiebung nicht einging, und wegen der vorgesehenen psychologischen Begutachtung, in der ich eine Zumutung für Vater und Kind sah, stellte ich am 22.07.93 erneut einen Befangenheitsantrag gegen die Familienrichterin. Wie zu erwarten war, wurde auch dieser Antrag vom Oberlandesgericht abgelehnt. Begründung: Die psychologische Begutachtung sei im vorliegenden Fall geboten und die Durchführung der mündlichen Verhandlung am 07.05.93 in meiner Abwesenheit sei vertretbar, da meine vorgebrachten beruflichen Gründe nicht überzeugten. Da ich meinen Sohn inzwischen 54 Monate nicht gesehen und gesprochen hatte, antwortete ich dem Oberlandesgericht, daß mich die Ablehnungsbegründung des Befangenheitsantrags nicht überzeugt habe. Ich hielte die Familienrichterin nach wie vor für befangen.

In finanzieller Hinsicht hatte es zwischen meiner Ehefrau und mir nie Streitereien gegeben; dies sollte auch nach unserer Scheidung so bleiben. Wir hatten am Beginn unserer Ehe – auch für die Zeit nach einer eventuellen Scheidung – schriftlich vereinbart, Steuer-Rückerstattungen und eventuell notwendig werdende Vorauszahlungen im Verhältnis unserer Einkommen aufzuteilen. Nach der letzten, von uns gemeinsam abgegebenen Steuererklärung gab es eine erhebliche Steuer-Rückzahlung, die auf dem Konto meiner geschiedenen Ehefrau landete. Nach unserer Vereinbarung stand mir davon eine Summe von ca. 7.500 DM zu, die meine Ex-Frau auf mein Konto zu überweisen hatte. Da ich nicht in finanziellen Nöten war, verzichtete ich in einem Brief vom 17.08.93 an sie auf die Überweisung und bat sie, diese Summe auf einem Hochzinskonto für unseren Sohn anzulegen. Dazu forderte ich sie zum x-ten Mal auf, den Kontakt unseres Sohnes mit mir zu ermöglichen, um ihm das Erscheinen vor Gericht und vor irgendwelchen Gutachterinnen zu ersparen, zumal sie sich vor dem Jugendamt bereit erklärt hatte, den Kontakt unseres Sohnes mit mir bis Mitte 92 zu ermöglichen. Ob die Geldsumme den von mir gewünschten Weg genommen hat, habe ich nie erfahren! Wohl erfahren habe ich, daß meine Ex-Frau den Kontakt mit meinem Sohn nach wie vor verhinderte!

Um der Familienrichterin keinen Vorwand zu liefern, ein Umgangsrecht für meinen Sohn und mich weiterhin zu blockieren, nahm ich am 14.10.93 einen Besprechungstermin bei der neuen Gutachterin wahr. Gesprächszeit etwa eine Stunde. Zunächst erklärte ich, daß ich die Auflage einer psychologischen Begutachtung nur unter Protest erfülle, da einem unbescholtenen und unbestritten fürsorglichen Vater das Umgangsrecht mit seinem Sohn auch ohne diese erniedrigende Prozedur zustehe. Die Gutachterin, eine Diplom-Pädagogin, nahm diese Eingangsbemerkung kommentarlos zur Kenntnis, schien aber – durch ihre Körpersprache – ein gewisses Verständnis für meine Einstellung zu haben. Da ihr die Vorgeschichte meiner Bemühungen um Umgang mit meinem Sohn auf Grund der Aktenlage bekannt war, bat sie mich, ihr einige Daten aus meinem Leben zu nennen, was ich dann auch tat, wobei sie sich einige Notizen machte. Darauf verabschiedete ich mich und erklärte, daß ich damit die psychologische Begutachtung meiner Person für abgeschlossen betrachte.

Am 08.12.93 schrieb ich – über den Präsidenten des Amtsgerichts – an das Familiengericht, daß ein psychologisches Gutachten immer noch nicht vorliege und ich eine Begegnung mit meinem Sohn zum Weihnachtsfest 93 beantrage. Gleichzeitig ließ ich einige kritische Worte über »meine« Familienrichterin einfließen, da die Kindesentziehung inzwischen 57 Monate währte. Die Antwort der Richterin lautete: »Unter Bezugnahme auf Ihr Schreiben vom 08.12.93 teile ich Ihnen mit, daß eine Besuchsregelung zu Weihnachten im Hinblick auf das noch nicht vorliegende Gutachten nicht möglich ist«.

Sollte ich aufgeben? Ich machte weiter und schickte meinem Sohn ein Weihnachtspäckchen mit einem Geschichts-Bilderbuch für Kinder in seinem Alter und einem Brief. Es war das 4. Buchgeschenk und der 11. Brief an ihn, wie ich meinen Unterlagen entnehmen konnte.

Am 19.01.94 gelang es mir, telefonischen Kontakt mit meiner Ex-Frau zu bekommen, wobei ich ihr zum wiederholten Mal vorschlug, das Umgangsrecht unseres Sohnes einvernehmlich mit mir zu regeln, um dem kleinen Kerl die Termine vor Gericht und vor Gutachterinnen zu ersparen. Meine geschiedene Frau lehnte vorerst ab, versprach jedoch, diesen Vorschlag zu überdenken und sich in Kürze bei mir zu melden. Vielleicht erinnerte sie sich daran, daß sie bereits am 23.04.92 im Jugendamt zugesagt hatte, Kontakte mit meinem Sohn bis spätestens Mitte 92 zu ermöglichen! Aus einer Notiz in meinen Unterlagen geht hervor, daß sich meine Ex-Frau bis zum 02.05.94 zu dem telefonisch gemachten Vorschlag nicht geäußert hatte.

Am 11.03.94 rief mich der Präsident des Amtsgerichts, Herr J. W. an und fragte, ob mein Brief vom 08.12.93 mit dem Antrag auf Begegnung mit meinem Sohn zum Weihnachtsfest und mit den kritischen Bemerkungen zur Familienrichterin die Qualität einer Dienstaufsichtsbeschwerde gegen die Richterin habe. Ich bejahte und so nahm diese Beschwerde ihren Lauf.

Am 23.03.94 erhielt ich eine Kopie des psychologischen Gutachtens der Gutachterin, woraus eine im wesentlichen zustimmende Beurteilung von Vater-Sohn-Kontakten hervorging. Ganz offensichtlich sind nicht alle Frauen Feministinnen!

Interessant ist jedoch der Bericht, den die Gutachterin über Ihre Begegnungen mit meiner Ex-Frau und meinem Sohn in ihrer Praxis angefertigt hat. Sie hatte große Schwierigkeiten, meinen Sohn dazu zu bewegen, mit ihr in ein separates Zimmer zu gehen und seine Mutter in einem anderen Raum zurückzulassen. Insgesamt gab es mehrere »Sitzungen« mit Mutter und Sohn, teils zusammen, teils getrennt. Die Gutachterin führte mehrere Tests mit meinem Sohn durch, wobei er sich teilweise weigerte, mitzuwirken und gelegentlich eine feindselige Haltung einnahm. Seinen Vater wolle er nicht sehen, übrigens sei er der Meinung, daß alle Männer blöd seien. Immer wieder vergewisserte er sich, daß seine Mutter nach wie vor im Nebenraum war. In Übereinstimmung mit der Gutachterin bin auch ich der Überzeugung, daß sich hier tiefgehendes Loyalitätsverhalten zu seiner Mutter zeigte, indem er die – im übrigen rational unbegründeten – Haßgefühle einfach übernahm. Die Äußerung von den blöden Männern ist auch nicht verwunderlich, hatte mein Sohn doch in seinen bisherigen knapp 6 Lebensjahren praktisch keinen Umgang mit Männern – seinen Vater eingeschlossen, an dessen Lebensgemeinschaft im ersten Jahr er sich natürlich nicht erinnern konnte. Mutter, Oma, Kindergärtnerin, Familienrichterin, Gutachterin – diese Frauen lernte er näher kennen, wobei seine Mutter die alles überragende Bezugsperson war, auf die er geprägt war. Interessanter Weise hatte sich mein Sohn ein 4 Jahre älteres Mädchen aus der Nachbarschaft als Freundin ausgesucht, wie meine Ex-Frau berichtete. Wie sollte mein Sohn da eine Identität zu seinem eigenen Geschlecht finden? Auch ist es bemerkenswert, wie mühelos die leichte Indoktrinierbarkeit eines Kindes mißbraucht werden kann!

Nach Vorlage des schriftlichen Gutachtens setzte die Familienrichterin einen mündlichen Verhandlungstermin für Freitag, den 22.04.94, 11.30 h an. Wie bereits mehrfach erwähnt, war der Freitag aus beruflichen Gründen mein Problemtag; die Uhrzeit 11.30 h konnte ich aber einhalten – wenn auch mir Mühe.

Trotz schwerer Bedenken entschloß ich mich, den Strafantrag gegen meine Ex-Ehefrau vor dieser Verhandlung zurückzuziehen, da sie immerhin an dem Gutachterverfahren teilgenommen hat und ich ein Zeichen des guten Willens setzen wollte. Durch ein Schreiben des Anwalts meiner geschiedenen Frau wurde jedoch der Termin 22.04.94 wieder gekippt, da der Anwalt behauptete, verhindert zu sein. So wurde der Verhandlungstermin auf Freitag, den 27.05.94, 11.30 h verlegt. So leicht geht das, wenn die Gegenseite Terminwünsche äußert. Aber immerhin hatte ich eine – wenn auch schwer einzuhaltende – Uhrzeit erreicht.

Während der Verhandlung am 27.05. erklärte meine geschiedene

Frau – wie nicht anders zu erwarten – daß sie Vater-Sohn-Kontakte ablehnt und auch nicht bereit ist, daran mitzuwirken. Unter Vermittlung einer dritten Person könne sie sich eine Kontaktanbahnung eventuell vorstellen. Ich forderte – wie schon so oft – das Umgangsrecht zu meinem Sohn und bemängelte, daß vom Gericht meine Ex-Frau zu wenig zum positiven Mitwirken aufgefordert werde. Auch kritisierte ich die massive Anti-Vater-Beeinflussung, die bei dem Auftreten meines Sohnes bei der Gutachterin deutlich geworden war. Schließlich erklärte ich mich damit einverstanden daß versucht werden sollte, eine neutrale Kontaktperson zur Ankurbelung von Vater-Sohn-Kontakten zu finden. Meine Ex-Frau wollte den »Weißen Ring« kontaktieren (Organisation zur Unterstützung von Verbrechensopfern), ich würde Kontakt mit der Medizinisch-Psychologischen Beratungsstelle aufnehmen, was ich auch kurzfristig tat. Ich hatte ein Gespräch mit einem Vertreter dieser Stelle, schilderte die Sachlage, worauf dieser Herr abwinkte, da die Mutter des Kindes ganz offensichtlich nicht kooperationsbereit sei.

Daß meine Ex-Frau Kontakt mit dem »Weißen-Ring« aufnehmen wollte, verwunderte mich einigermaßen, war sie es doch, die sich rechtswidrig verhalten hatte!

Die Familienrichterin legte einen nächsten mündlichen Verhandlungstermin auf Freitag, den 10.06.94, 11.30h. Thema natürlich: Umgangsrecht für meinen Sohn. Wegen meines Antrags vom Dezember 93, meinem Sohn und mir zum Weihnachtsfest eine Begegnung zu ermöglichen und der damit verbundenen Kritik an der Familienrichterin, mir nach etwa 5 Jahren Kindesentziehung immer noch kein Umgangsrecht zuzugestehen, forderte mich der Präsident des Amtsgerichts auf, meine Vorwürfe schriftlich zu konkretisieren. Dies tat ich mit Schreiben vom 02.05.94, wobei ich auf Umstände hinwies, die ich bereits beschrieben habe: Die aktive Teilnahme der Familienrichterin als Mit-Veranstalterin an einer familienfeindlichen Veranstaltung am 09.06.92; die jahrelange Verweigerung des Umgangsrechts, die Terminierung von mündlichen Verhandlungen zu von mir aus beruflichen Gründen nicht einzuhaltenden Terminen, die mehrfach schriftlich geäußerte Abqualifizierung meiner Person als Vater, und schließlich die Nichtbeachtung der von meiner Ex-Frau nicht eingehaltenen, vor dem Jugendamt gemachten Zusage, Kontakte mit meinem Sohn bis zur Jahresmitte 92 zu ermöglichen.

Es folgte, wie nicht anders zu erwarten, die dienstliche Äußerung der Familienrichterin, sie halte sich nicht für befangen. Auch das Oberlandesgericht, welches wieder damit befaßt war, lehnte den Befangenheits-Anteil meines Schreibens zunächst ab. Da mein Schreiben auch Anlaß zu einer Dienstaufsichtsbeschwerde war, befaßte sich damit der Dienstvorgesetzte der Richterin, der Präsident des Amtsgerichts. Er stellte fest, daß von mir geäußerte Kritikpunkte wegen der richterlichen Unabhängigkeit nicht greifen könnten, wenn auch die aktive Teilnahme der Richterin an der familienfeindlichen Veranstaltung fragwürdig sei. Schließlich wertete er diese Teilnahme – wegen der damaligen Anwesenheit der Hessischen Frauenministerin – als eine »die Justiz ehrende Verhaltensweise«. Und das bei einer Ministerin, die kurz danach wegen Untreue aus ihrem Amt entfernt wurde!

Nach Vorliegen des schriftlichen Gutachtens bezüglich der Vater-Kind-Kontakte begann eine schriftliche Auseinandersetzung zwischen meiner Ex-Frau und der Gutachterin, in erster Linie wegen des positiven Grund-Tenors des Gutachtens. Meine Ex-Frau behauptete, die Gutachterin habe aus Band 95 der Beihefte zur Zeitschrift »Klinische Pädiatrie«, Kinderpsychologische Tests von Udo Rauchfleisch, 2. Auflage 1993, Ferdinand Enke Verlag Stuttgart, einfach abgeschrieben. Wenn man bedenkt, daß für das Gutachten mehrere tausend DM zu zahlen waren, ein schwerer Vorwurf. Auch behauptete meine Ex-Frau, die Gutachterin habe verschiedene Tests falsch angewandt, wobei sie Formulierungen wählte, die ich hier nicht wiederholen möchte und die in dem folgenden Schriftwechsel natürlich von der Gutachterin zurückgewiesen wurden. Was mich betrifft, so habe ich den Weg über ein Gutachten immer als die zweitbeste Möglichkeit der Kontaktanbahnung betrachtet und meine Ex-Frau darauf mehrmals – mündlich und schriftlich – hingewiesen, daß Vater und Mutter dafür zuständig sind, den Umgang mit dem gemeinsamen Kind zu bestimmen. Auch habe ich sie mehrmals mit beschwörenden Worten aufgefordert, unserem Sohn das Vorgeführtwerden vor Gericht und einer Gutachterin zu ersparen. Wie berechtigt diese Warnungen waren, zeigte die Schilderung der Gutachterin vom Verlauf der »Sitzungen«. Immerhin hatte meine Ex-Frau die Möglichkeit, unserem Sohn zu sagen: »Da siehst du, was dein Vater dir da eingebrockt hat«. Natürlich fördern diese Erlebnisse nicht gerade eine positive Einstellung des Kindes zum Vater. Nicht ausgeschlossen, daß dies beabsichtigt war.

Wie angekündigt, fand am 10.06.94 die mündliche Verhandlung vor dem Familiengericht statt, bei der tatsächlich etwas Bewegung in Sachen Umgangsrecht hineinkam. Es wurde ein Treffen meines Sohnes mit mir für den 22.06.94 im Gericht vereinbart – in Gegenwart seiner Mutter, ihres Anwalts und der Familienrichterin. Nach immerhin 63 Monaten bestand die Aussicht, daß ich meinen Sohn wiedersehen und sprechen konnte!

Ein Vater, dessen Kind in ein islamisches Land entführt worden wäre, hätte möglicher Weise früher den Kontakt herstellen können. Hier in Deutschland war die Entfernung von 5 km einfach zu viel!

Meine Ex-Frau hatte vereinbarungsgemäß Kontakt mit dem »Weißen-Ring« aufgenommen und berichtete, daß ein Herr F. V., etwa 20 km von ihrem Wohnort entfernt, bereit sei, auf seinem Grundstück Kontakte mit meinem Sohn zu ermöglichen. Da meine Ex-Frau Kontakte in meinem Haus ablehnte und mein Vorschlag, man könne sich in der Bahnhofsmission treffen, auf wenig Gegenliebe stieß, blieb es bei der 20-km-Lösung. Dabei mußte meine Ex-Frau quasi an meinem Haus vorbeifahren und hatte dann noch 15 km bis zu Herrn F. V. Dort sollte es ab Juli 94 jeweils einmal monatlich ein mindestens einstündiges Treffen zwischen meinem Sohn und mir geben – bis einschließlich September 94, also dreimal. Anschließend sollten diese Kontakte in ein normales Umgangsrecht übergehen. Die Vorgaben waren also extrem umständlich – wahrscheinlich gewollt. Trotzdem stimmte ich zu, da ich den »Weißen-Ring« zu kennen glaubte und ihn viele Jahre lang finanziell unterstützt hatte, ohne Mitglied zu sein.

Am 22.06.94 kommt es im Gericht tatsächlich zu einer Begegnung zwischen meinem Sohn und mir! Die Umstände dieser Begegnung sind mir heute noch gegenwärtig: sie fand in einer kleinen Dachkammer statt, wobei die beteiligten Personen – außer mir – vorzeitig eine bestimmte Sitzordnung vereinbart und eingenommen hatten. Bei meinem Eintreten stand der für mich vorgesehene Stuhl neben meiner Ex-Frau, hinter ihr saß mein Sohn, den ich aus meiner normalen Sitzposition nicht sehen konnte. Mir gegenüber saß der Anwalt meiner Frau – fast wie ein Staatsanwalt – und neben ihm die Richterin hinter einem kleinen Schreibtisch, der in dem beengten Raum kaum Platz fand. Ich begrüßte alle Anwesenden, insbesondere meinen Sohn, und sagte ihm, daß ich mich sehr freuen würde, ihn als inzwischen großen Jungen wiederzusehen. Er kenne mich inzwischen leider nicht mehr, ich wolle jedoch alles tun, um dies möglichst bald zu ändern. Beim Vorbeugen konnte ich sein Gesicht erkennen; es war verunsichert, aber neugierig. Um das erste Eis zu brechen, hatte ich ein kindgemäßes Katzen-Bilderbuch mitgebracht – über die Hauskatze, über Lux, Ozelot, Gepard, Leopard, Jaguar, Puma, Löwe und Tiger. Ich blätterte in dem Buch, welches nur wenig Text enthielt, und zeigte meinem Sohn die einzelnen Katzen, indem ich mich weit vorbeugte und ihn fragte, ob er diese Tiere kenne. Er kannte sich gut aus, wußte auch relativ genau, wo sie leben und war recht interessiert. Er hielt jedoch fast Körperkontakt mit seiner zwischen uns sitzenden Mutter, so als ob er ihren Schutz brauche. Auf der Vorderseite des Buches war ein mächtiger männlicher Löwe mit starker Mähne abgebildet. Mein Sohn erkannte natürlich sofort, daß es ein männliches Tier war; auf meine Frage, warum Löwen diese starke Mähne haben und Löwinnen nicht – beim Menschen sei es doch umgekehrt – wußte er natürlich keine Antwort. Mit der Evolution konnte er sich noch nicht befaßt haben. Schließlich bot ich ihm dieses Buch als Geschenk an, worauf er seine Mutter fragend anschaute und sagte, er wisse nicht, ob er das Buch annehmen dürfe. Meine Ex-Frau sagte korrekter Weise, das müsse er selbst wissen. Zögernd nahm er das Buch an und bedankte sich. Damit war – nach etwa 30 Minuten – das erste Treffen mit meinem Sohn nach über 63 Monaten beendet. Es wurde noch einmal die Vereinbarung vom 10.06.94 bekräftigt und man verabschiedete sich. Diesen Teilerfolg hätte ich sicher nicht erreicht, wenn ich nicht über den Präsidenten des Amtsgerichts, über die Staatsanwaltschaft und über das Oberlandesgericht Druck gemacht hätte!

Lieber ███████! ████████, den 15. 06. 94

Wie Du weißt, bekommst Du mehrmals im Jahr einen Brief von mir. So auch heute. Es ist der 14. Brief, den ich Dir schreibe. In diesen Tagen beginnt die Sommerzeit, was Du an dem Vogelgezwitscher erkennst, welches schon am frühen Morgen beginnt. In dieser Jahreszeit ist es warm und lange hell, so daß man viel im Freien unternehmen kann. Das möchte ich auch mit Dir tun ; dazu treffen wir uns in der nächsten Woche, worauf ich mich jetzt schon freue. Wir haben uns dann mehr als 63 Monate nicht gesehen ! Wir können dann besprechen, was wir machen wollen. - Liebe Grüße von
Deinem Papa.

Noch war aber der große Durchbruch nicht gelungen: Ein normales Umgangsrecht mit gemeinsamem Wochenende – inklusive Übernachtung – vierzehntägig und einmal im Jahr ein zweiwöchiger gemeinsamer Urlaub. Zunächst wollte ich mal abwarten, ob das erste gemeinsame Zusammentreffen mit meinem Sohn bei dem Mann vom »Weißen-Ring«, dem Herrn F. V., im Juli 94 zustande kommen würde. Da ich von der Vereinbarung kein schriftliches Protokoll bekommen hatte, telefonierte ich mit diesem Mann am 14.07.94 und erfuhr, daß er zur Vermittlung bereit sei, aber noch keinen Termin wisse. Darauf meldete ich mich am 18.07.94 bei der Familienrichterin und fragte nach einem Termin für die Juli-Begegnung mit meinem Sohn. Sie sprach von aufgetretenen Schwierigkeiten und weigerte sich, bei der Durchsetzung der getroffenen Vereinbarungen mitzuwirken. Ich solle auf ein schriftliches Protokoll warten. – Meine Skepsis war also nicht unbegründet!

Am 30.07.94 erhielt ich dieses Protokoll, in dem die besprochenen

Kontakte mit meinem Sohn bestätigt wurden; der Juli-Termin war damit jedoch schon gefallen. Am 13.08.94 kam es dann zum ersten Treffen mit meinem Sohn im Haus des Vertreters vom »Weißen Ring«, wobei ich zunächst nur meine Ex-Frau sah, wie sie in der Küche dieses Mannes seiner Frau bei der Hausarbeit half. Diese Frau, der Herr F. V. vom »Weißen Ring« und meine Ex-Frau taten sehr vertraut miteinander und betrachteten mich sehr zurückhaltend, ja distanziert ablehnend – obwohl sie mich nicht kannten – meine Ex-Frau natürlich ausgenommen. Da war also schon kräftig »Vorarbeit« geleistet worden. Das Wort von der weiblichen List fiel mir wieder ein! Einige Minuten später erschien dann auch mein Sohn, den ich freudig begrüßte; er kannte mich ja schon ein bißchen von der Kurz-Begegnung im Gericht. Ich hatte ein Federball-Spiel und einen Fußball mitgebracht, so daß wir im Hof des Herrn F. V. zunächst etwas Federball spielten, später dann auf einem nahe gelegenen Bolzplatz auch etwas mit dem Fußball, wobei er zwischendurch mehrmals in das Haus des Herrn F. V. lief, um sich zu vergewissern, daß seine Mutter auch noch da ist. Er schaute mich immer wieder ängstlich an – wohl in der Furcht, ich könne ihm etwas Böses antun. Was mag man ihm alles erzählt haben???

Zwischendurch erzählte er von seiner Einschulung und davon, daß er lieber in die Schule als in den Kindergarten gehe. Dann waren die knapp zwei Stunden vorbei; ich verabschiedete mich von meinem Sohn und sagte ihm, daß ich mich auf unser Wiedersehen in vier Wochen an gleicher Stelle freuen würde.

Zu Herrn F. V. ist zu sagen, daß er Gemeindehelfer in der Ev. Kirche war und dann das Amt des Dekanats- Jugendpflegers ausübte. Er selbst bezeichnete sich als Pädagoge. Vor seiner Kirchen-Tätigkeit hatte er wohl ein Handwerk erlernt und kurz ausgeübt. Wie er zum Weißen Ring gekommen ist, weiß ich nicht.

Das nächste Treffen mit meinem Sohn war dann am 01.10.94; auch dieses Mal gab es wieder Federball und Fußball, wobei ich mich bemühte, mit meinem Sohn mehr ins Gespräch zu kommen, was auch gelang. Das dritte Treffen sollte dann am 29.10.94 stattfinden, wieder bei Herrn F. V., wobei es äußerst schwierig war, mit meiner Ex-Frau zu Terminvereinbarungen zu kommen, da es ja noch kein Urteil in Sachen Umgangsrecht gab und sie nach wie vor gegen Vater-Sohn-Kontakte eingestellt war. Ich stellte daher beim Familiengericht den Antrag, nach dem Treffen mit meinem Sohn am 29.10.94 ein in der Rechtssprechung übliches Umgangsrecht als gerichtlichen Titel zu formulieren, zumal die bisherigen Treffen mit meinem Sohn im wesentlichen problemlos verlaufen waren.

Die Antwort der Familienrichterin war eine glatte Ablehnung. Mein Antrag erfordere ein neues Umgangsverfahren und dazu gebe es momentan keinen Anlaß.

Es blieben also noch formaljuristische Hindernisse zu einem normalen Umgangsrecht, hinter denen sich die Richterin verschanzte. Die genannte Ablehnung wollte ich so nicht ohne weiteres akzeptieren; ich erneuerte deshalb diesen Antrag – dieses Mal über den Präsidenten des Amtsgerichts. Es hatte sich nämlich gezeigt, daß meine Ex-Frau die Gewährung gelegentlicher Vater-Sohn-Treffs als Gnadenerweis betrachtete, so daß mein Sohn und ich von ihrer Willkür abhängig waren. Es gab nun ein neues Aktenzeichen, unter dem das normale Umgangsrecht verfolgt werden konnte – falls man überhaupt von Normalität sprechen konnte, wenn Vater und Sohn nicht in einer Familie zusammen leben. In den mündlichen Verhandlungen vom 10.06. und 22.06.94 war zwischen allen Beteiligten vereinbart worden, nach den drei Begegnungen mit meinem Sohn bei dem Herrn vom »Weißen Ring« das normale Umgangsrecht beginnen zu lassen. Jetzt weigerte sich die Richterin, dies in Form eines gerichtlichen Titels zu formulieren. Begründung: Die Verweigerung des normalen Umgangsrechts sei nicht mit Nachteilen für den Sohn verbunden. – Um meinem Anliegen Nachdruck zu verleihen, bat ich Herrn F. V. vom »Weißen Ring«, dem Familiengericht gegenüber ein normales Umgangsrecht zu befürworten. Er lehnte aus zeitlichen Gründen ab.

Bei meinen Treffen mit meinem Sohn stellte ich fest, daß er sich zunehmend bemühte, unhöflich zu sein. Er bedankte sich nicht für Briefe, Postkarten und Buchgeschenke, ja er forderte mich auf, in die Bücher keine Widmung hineinzuschreiben. Durch indirektes Befragen konnte ich herausfinden, daß er damit einer Vorgabe seiner Mutter nachkam – was nicht weiter verwunderlich war! Ich schrieb deshalb meiner Ex-Frau einen Brief und forderte sie auf, unseren Sohn nicht als Vehikel für ihre völlig unbegründeten Haßgefühle zu mißbrauchen!

Bei den mündlichen Verhandlungen im Familiengericht am 10.06. und 22.06.94 waren drei Vater-Sohn-Kontakte für die Monate Juli, August und September 94 vereinbart worden; anschließend sollte das normale Umgangsrecht beginnen. Tatsächlich gab es die Treffen am 13.08., am 01.10. und am 29.10.94. Beim letzten Treffen war es schon recht herbstlich; ich hatte einen Drachen mitgenommen, so daß wir den steigen lassen konnten. Wie bei den vorangegangenen Treffen lief mein Sohn wieder etwa alle 15 Minuten zu seiner Mutter ins Haus von Herrn F. V., so wie sie ihm dies wohl vorgegeben hatte, wie ich im weiteren Gespräch mit meinem Sohn erfuhr. In der Zwischenzeit hielt sich meine Ex-Frau bei Herrn F. V. auf, zu dem sich ganz offensichtlich ein Vertrauensverhältnis entwickelt hatte. Bei dem Telefonat, welches ich mit Herrn F. V. geführt hatte, um ihn zur Befürwortung eines normalen Umgangsrechts zu bewegen, erfuhr ich beiläufig, daß er mit meiner Ex-Frau für den 16.11.94 ein Treffen vereinbart hatte. Meine Frage, ob mein Sohn auch dazu käme und ob meine Anwesenheit auch geduldet würde, beantwortete er zögernd mit ja.

Mein Antrag auf Festschreibung eines normalen Umgangsrechts war inzwischen auch beim Oberlandesgericht gelandet; auch von dort kam eine Ablehnung – mit der Begründung, das entsprechende Verfahren sei unter einem neuen Aktenzeichen beim Familiengericht anhängig und ich möge das Ergebnis abwarten. Es gebe keine Eilbedürftigkeit. Und so hatte meine Ex-Frau nach wie vor die Möglichkeit, unserem Sohn von der Gefährlichkeit seines Vaters zu erzählen, denn sonst hätten die Gerichte ihm ja ein normales Umgangsrecht zugesprochen. Das Treffen mit meinem Sohn fand am 16.11.94 statt; ich ging mit ihm spazieren und kaufte ihm in einem Kunstgewerbeladen eine holzgeschnitzte Puppe, die er sich aussuchte. Wir gingen in gelockerter Atmosphäre miteinander um!

Nach dem 16.11.94 gab es noch zwei Treffen mit meinem Sohn in 94: am 03. und 22.12, wobei ich mit ihm Spaziergänge unternahm, während meine Ex-Frau und der Mann vom »Weißen Ring« separat unterwegs waren. Dieser Herr F. V. zeigte zunehmend Interesse an meiner Ex-Frau und erklärte mir, daß die Kontakte mit meinem Sohn unbedingt in seiner Nähe fortgesetzt werden müßten. Leider gelang es mir nicht, meinen Sohn zum Weihnachtsfest 94 zu treffen.

Unterdessen hatte sich meine Ex-Frau weitere Erschwernisse für Vater-Sohn-Kontakte ausgedacht. Durch ihren Anwalt – der mir einen beleidigenden Brief schrieb – teilte sie mir mit, daß sie zukünftig die Termine für Vater-Sohn-Treffen mit ihrem Anwalt und mit Herrn F. V. besprechen werde; mir würde dann dieser Termin von ihrem Anwalt schriftlich mitgeteilt. – Weiterhin blieben ja noch die Fahrten zu dem Treffpunkt bei Herrn F. V: Für meine Ex-Frau zweimal 20 km, für mich zweimal 15 km. Um dieses unzumutbare Verfahren abzuändern, erklärte ich Herrn F. V., daß ich mich für seine Vermittlungstätigkeit bedanke, schenkte ihm ein wertvolles Gartenbuch mit Widmung und erklärte, seine Vermittlung in Zukunft nicht mehr in Anspruch nehmen zu wollen. Trotzdem kam es im Januar 95 noch zu zwei Treffen mit meinem Sohn in der Nähe des Hauses von Herrn F. V.: am 12.01. und am 28.01.95, wobei mir Herr F. V. erklärte, mit meiner Ex-Frau und meinem Sohn zu einem Ausflugslokal fahren zu wollen. Es sei mir unbenommen, auch dorthin zu fahren, mich an einen Nebentisch zu setzen und zu versuchen, von dort aus Kontakt mit meinem Sohn zu bekommen. Damit war das Maß für mich voll! Ich lehnte Herrn F. V. für die Zukunft als Vermittler ab und schrieb der Zentrale des »Weißen Rings« einen Beschwerdebrief. Die Antwort war: Man werde darauf zurückkommen – was bis heute nicht geschehen ist. Inzwischen sind mir Zweifel gekommen, ob man sich dort den Idealen des Eduard Zimmermann, des Begründers des »Weißen Rings«, noch verpflichtet fühlt. Schließlich waren mein Sohn und ich Opfer von Straftaten geworden!

Über ihren Anwalt bot mir meine Ex-Frau zwei Treffen mit meinem Sohn für Mitte Februar 95 an, die ich aber wegen eines geplanten Skiurlaubs nicht wahrnehmen konnte. Es gelang mir – ausnahmsweise! – telefonischen Kontakt mit meiner Ex Frau zu bekommen, wobei ich ihr einen Termin Anfang Februar für ein Treffen mit ihr und unserem Sohn in der Nähe unserer Wohnorte vorschlug. Außerdem forderte ich sie auf, die Anti-Vater-Beeinflussung unseres Sohnes einzustellen. Beides lehnte sie ab. Darauf bekam ich wieder ein Schreiben ihres Anwalts mit einem Terminangebot für den 26.02.95, 14.00 h. Ich sagte meiner Ex-Frau schriftlich zu und benannte als Treffpunkt ein Ausflugslokal, welches zwischen unseren Wohnorten lag – also für jeden etwa 2 km Weg. Ich war pünktlich zur Stelle und wartete eine halbe Stunde ohne Erfolg. Ex-Frau und Sohn erschienen nicht!

Zwischenzeitlich hatte meine Ex-Frau vor dem Amtsgericht einen Titel erstritten, wonach ich zur Zahlung eines Teils ihrer Anwaltskosten verpflichtet wurde. Ich legte Berufung ein, die (natürlich!) abgelehnt wurde. Und so ließ sie diese Summe über einen Gerichtsvollzieher eintreiben. Ich zahlte bar und dachte an die 7.500,- DM, auf die ich zu ihren Gunsten verzichtet hatte, obwohl sie mir als Steuer-Rückzahlung zugestanden hatten.

Ein für den 11.03.95 vorgesehenes Treffen mit meinem Sohn kam nicht zustande, da meine Ex-Frau und ich in der Frage des Treffpunktes nicht einig wurden. Meine Ex-Frau wollte sich wieder mit Herrn F. V. treffen, was für mich inakzeptabel war. Telefonisch gelang es mir, mit meinem Sohn einen gemeinsamen Zirkusbesuch für den 12.03.95 vorzubesprechen, was ich meiner Ex-Frau schriftlich mitteilte. Ich schlug ihr vor, mitzukommen, sie sei eingeladen. Der Erfolg: Sie verhinderte dies!

Die für den 25.03. und 08.04.95 vorgesehenen Treffen mit meinem Sohn fanden nicht statt, da meine Ex-Frau die von mir in der Nähe unserer Wohnorte vorgeschlagenen Treffpunkte nicht akzeptierte; sie wollte sich unbedingt wieder mit Herrn F. V. treffen, was sie ohne mein Mitwirken ohne weiteres hätte tun können!

Zwischenzeitlich war dem Familiengericht mitgeteilt worden, daß die Vermittlungsversuche des Herrn F. V. wegen Unzumutbarkeit gescheitert waren. Das Jugendamt wurde eingeschaltet, wo es am 06.04.95 zu einem Gespräch zwischen einem Sozialarbeiter, Herrn F. V., meiner Ex-Frau und mir kam. Herr F. V. spielte sich als väterlicher Beschützer meines Sohnes auf und vertrat die Meinung, daß meinem Sohn und mir kein normales Umgangsrecht zugestanden werden dürfe, da die Vater-Sohn-Beziehung noch durch seine Anwesenheit abgesichert werden müsse. Meine Ex-Frau stimmte ihm natürlich lebhaft zu, während ich die Überzeugung vertrat, meinen Sohn inzwischen so gut zu kennen, daß ich allein mit ihm umgehen könne. Schließlich sah Herr F. V. ein, daß er als Vermittler nicht mehr tragbar war und erklärte seine Vermittlertätig als beendet. Da meine Ex-Frau auf jeden Fall verhindern wollte, daß ich allein mit unserem Sohn Umgangszeiten verbringe, mußte also eine neue Vermittlerstelle gesucht werden. Ich stimmte dem zu, da ich den Kontakt mit meinem Sohn nicht ganz verlieren wollte. Auch schienen Treffen mit meinem Sohn in meinem Haus, dem Vaterhaus meines Sohnes, zur Zeit nicht zu verwirklichen, da meine Ex-Frau dem nie zustimmen würde. Sie traute mir offensichtlich das zu, was sie selbst getan hatte: Eine Kindesentführung!

Um die Einstellung meines Sohnes zu Kontakten mit mir zu ergründen, besuchte ein Mitarbeiter des Jugendamtes meinen Sohn und unterhielt sich mit ihm. Dabei erklärte mein Sohn, daß er an Kontakten mit seinem Vater nicht sonderlich interessiert sei. Er übernahm dabei die Position seiner Mutter, was nicht überraschte. Da es in dem Bestreben, meinem Sohn und mir ein in der Bundesrepublik Deutschland übliches Umgangsrecht zu gewähren, sowohl vor dem Familiengericht als auch vor dem Oberlandesgericht keinen Fortschritt gab, beantragte ich vor dem Oberlandesgericht die Zulassung zum Bundesgerichtshof. Diese Zulassung wurde mir mit Schreiben vom 21.06.95 verwehrt. Um dies doch durchzusetzen, hätte ich ein Prozeß-Erzwingungsverfahren in Gang setzen müssen. Nun, so weit wollte ich dann doch nicht gehen, denn ich hatte schon genug für meinen Sohn getan. Natürlich konnte er nicht wissen, wie wichtig sein Vater für seine Entwicklung ist. Ganz offensichtlich wußten es die Gerichte auch nicht!

Um aber doch die Problematik der Umgangsverweigerung dem Bundesgerichtshof zur Kenntnis zu bringen, schrieb ich dem höchsten deutschen Gericht – neben dem Bundesverfassungsgericht – einen Brief und schilderte die Situation, die sich aus meinem Bemühen um Umgang mit meinem Sohn ergeben hatte. Da die Antwort des Bundesgerichtshofs von allgemeinem Interesse sein dürfte, gebe ich sie hier im Wortlaut wieder:

»Sehr geehrter Herr ....   *Karlsruhe, 07.09.95*

Auf Ihre Schreiben vom 23. Mai und 26. Juni 1995 teile ich Ihnen mit, daß der Bundesgerichtshof nicht befugt ist, an ihn herangetragene Rechtssachen nach seinem Belieben an sich zu ziehen und seiner Kontrolle zu unterwerfen; vielmehr ist er nur auf ein zulässiges Rechtsmittel hin in der Lage, gerichtliche Entscheidungen zu überprüfen. In Familiensachen, die die Regelung der elterlichen Sorge oder des Umgangs eines Elternteils mit einem ehelichen Kind betreffen, ist er zuständig zur Behandlung und Entscheidung über das Rechtsmittel der weiteren Beschwerde gegen oberlandesgerichtliche Endentscheidungen. Dieses Rechtsmittel ist nach dem Gesetz zudem nur zulässig, wenn das Oberlandesgericht es in der Entscheidung zugelassen hat.
Eine derartige Entscheidung, gegen die Sie – übrigens fristgebunden und nur durch einen hier zugelassenen Rechtsanwalt – den Bundesgerichtshof anrufen könnten, liegt in Ihrer Sache nicht vor. Der Beschluß des Oberlandesgerichts ... vom 13. Januar 1995 scheidet insoweit zudem deswegen aus, weil er im Verfahren der einstweiligen (vorläufigen) Anordnung ergangen ist und damit keine Endentscheidung darstellt.
Unter diesen Umständen gehe ich davon aus, daß ich Ihre obengenannten Schreiben mit dieser Mitteilung als erledigt ansehen darf. Sollte das wider Erwarten nicht der Fall sein, bitte ich um Nachricht innerhalb von 1 Woche«.

Mit freundlichen Grüßen ...

Mit Schreiben vom 14.09.95 antwortete ich dem Bundesgerichtshof und wies darauf hin, daß meinem Sohn und mir seit nunmehr 78 Monaten ein ordentliches Umgangsrecht verweigert werde. Wenn der Bundesgerichtshof schon aus formalen Gründen in das Verfahren nicht eingreifen dürfe, so sei es mir wichtig, daß beim höchsten deutschen Gericht von diesem skandalösen Zustand berichtet werde und man sich dort mit einem Vorgang beschäftigt habe, der an Rechtsverweigerung grenzt. Ich würde mir in Zukunft erlauben, Zweitschriften meines Schriftverkehrs mit dem Familiengericht und dem Oberlandesgericht auch an den Bundesgerichtshof unter dem dort eingerichteten Aktenzeichen zu schicken. – Auch wurde mir bekannt, daß »meine« Akten zeitweise beim Bundesgerichtshof lagen und eingesehen wurden.

Die Familienrichterin hatte zwischenzeitlich verschiedene Termine für mündliche Verhandlungen angesetzt und kurz darauf aus den verschiedensten Gründen wieder aufgehoben. Zustande kam dann am 31.01.96 eine Verhandlung, zu der nur meine Ex-Frau und mein Sohn geladen waren. Die Richterin unterhielt sich mit meinem Sohn und erfuhr von ihm die Meinung meiner Ex-Frau: Er wolle sich mit seiner Mama bei Herrn F. V. vom »Weißen-Ring« mit mir treffen. Es hätte also ein Gespräch der Richterin mit meiner Ex-Frau genügt; die Loyalität meines Sohnes zu seiner Mutter war fest gefügt. Er war auf seine Mutter geprägt, wie Psychologen zutreffend sagen. Sieben Jahre vaterloses Aufwachsen taten ihre Wirkung! Die Familienrichterin terminierte den 15.03.96, 10.00 h für die nächste mündliche Verhandlung – natürlich wieder so, daß ich aus beruflichen Gründen nicht teilnehmen konnte, was ihr bekannt war. War das die Fortsetzung ihrer Verschleppungstaktik? Ich listete auf, welche freien Wochentermine zur Verfügung standen – es waren sehr viele! Am 06.03.96 erhielt ich die Nachricht, daß die Familienrichterin den Termin 15.03.96 ersatzlos aufgehoben hatte. Sollte das Urteil über ein Umgangsrecht bis zur Volljährigkeit meines Sohnes hinausgezögert werden? Wertvolle Zeit war schon vergangen: emotionale Bindung entwickelt sich in der Kinderzeit! Da ich den Weg zum Umgangsrecht über nationale Gerichte für ziemlich aussichtslos hielt, wollte ich auf die europäische »Karte« setzen! Während einer europapolitischen Veranstaltung im Mai 94 sprach ich den Landtagsabgeordneten Hartmut Nassauer an, der für das Europäische Parlament kandidierte und dem ich die Geschichte meines bisher verweigerten Umgangsrechts zu meinem Sohn erzählte. Er zeigte sich tief beeindruckt und bat mich, ihm die Einzelheiten schriftlich mitzuteilen, was ich dann auch tat. Er antwortete mir mit einem Schreiben vom 20.06.94 und sagte zu, die Möglichkeit einer Klage vor dem Europäischen Gerichtshof in Luxemburg prüfen zu wollen. Am 12.12.94 erhielt ich wieder einen Brief von Herrn Nassauer mit der Mitteilung, der richtige Weg für eine Klage sei noch nicht gefunden, er werde sich baldmöglichst wieder melden.

Am 29.01.95 erhielt ich wieder ein Schreiben von Herrn Nassauer aus Brüssel mit der Ankündigung konkreter Informationen, die dann am 01.03.95 in Form eines Telefonats kamen: Herr Nassauer teilt mir mit, daß nach seinen bisherigen Informationen Privatpersonen kein Klagerecht vor dem Europäischen Gerichtshof in Luxemburg haben; er wolle dies aber noch durch eine Straßburger Juristin abklären lassen. – Um nicht noch mehr Zeit vergehen zu lassen, schrieb ich am 16.03.95 den Europäischen Gerichtshof in Luxemburg an und klagte gegen die Bundesrepublik Deutschland, vertreten durch das Familiengericht am Amtsgericht und durch das Oberlandesgericht. Die Klageerhebung begründete ich mit dem Verstoß gegen elementare Menschenrechte im Zusammenhang mit der Verweigerung eines Umgangsrechtes meines Sohnes. Ich schilderte im folgenden die Entwicklung einer de facto Kindesentziehung seit März 89 und stellte drei Einzelanträge:

1. Die Bundesrepublik Deutschland, vertreten durch das Familiengericht, wird verurteilt, dem Antragsteller und seinem Sohn ein normales Umgangsrecht zuzugestehen, nämlich alle zwei Wochen ein gemeinsames Wochenende und einmal im Jahr einen gemeinsamen zweiwöchigen Urlaub.

2. Die Bundesrepublik Deutschland wird verurteilt, dem Sohn des Antragstellers für die Zeit seiner Trennung von seinem Vater seit März 89 eine Entschädigung von 500 DM monatlich zu zahlen. Durch die vom Familiengericht ermöglichte jahrelange Kindesentziehung ist dem Sohn ein erheblicher Entwicklungsschaden zugefügt worden, was durch das genannte psychologische Gutachten und durch den Vater des Kindes, einen erfahrenen Hochschullehrer, bestätigt wird. Das Geld soll auf ein Sperrkonto eingezahlt und dem Sohn mit Eintritt seiner Volljährigkeit zur Verfügung gestellt werden.

3. Die Bundesrepublik Deutschland wird verurteilt, dem Antragsteller die während der Zeit der Kindesentziehung entstandenen

Unkosten (Kosten für das psychologische Gutachten, für den Anwalt seiner geschiedenen Ehefrau, Gerichtskosten usw.) zu ersetzen. Der Antragsteller ist anwaltlich nicht vertreten und hat damit für eine Begrenzung der anfallenden Kosten gesorgt.

Damit sich der Europäische Gerichtshof in Luxemburg ein Bild über die Einzelheiten des bisherigen Verfahrens machen konnte, erklärte ich meine Zustimmung zu einer Beiziehung der Akten nach Luxemburg. Wegen der außerordentlichen Dauer des bisherigen Verfahrens bat ich um eine zügige Behandlung meines Anliegens. Zwischenzeitlich hatte Herr Nassauer festgestellt, daß in meinem Fall der Europäische Gerichtshof für Menschenrechte in Straßburg zuständig ist. Wegen der allgemeinen Bedeutung des Falles zitiere ich hier aus seinem Brief vom 23.03.95:

»Sehr geehrter Herr ...,

nach nochmaliger Prüfung Ihrer Angelegenheit möchte ich Ihnen von einer Inanspruchnahme des Europäischen Gerichtshofs für Menschenrechte in Straßburg abraten. Mir persönlich erscheinen die Erfolgsaussichten für ein derartiges Vorgehen nicht ausreichend und das Kostenrisiko zu groß. Außerdem habe ich Zweifel, ob die wichtigste Zulässigkeitsvoraussetzung vorliegt. Die Erschöpfung des innerstaatlichen Rechtsweges, worüber wir schon gesprochen haben. Dies gilt insbesondere unter dem Gesichtspunkt, daß Sie nach eigenen Rechten Ihres Sohnes fragen. Selbst wenn aber die Verfahrensvoraussetzungen gegeben sein sollten, ist das Vorliegen der von Ihnen geltend gemachten schweren Menschenrechtsverletzung sowohl im Hinblick auf die Rechte Ihres Sohnes als auch im Hinblick auf Ihre eigenen Rechte nur schwer begründbar. In dem anliegenden Vermerk habe ich deswegen vor allem den allgemeinen Verfahrensgang im Rahmen der Europäischen Menschenrechtskonvention aufgezeigt.«

»Ich verbleibe ...«

I
Vorgehen wegen der behaupteten Verletzung des *Überein-kommens über die Rechte des Kindes vom 20. II. 1989* (BGBl. 1992 II, S. 122):

Das Übereinkommen verpflichtet die Vertragsstaaten, also auch Deutschland, in Art. 9 III zur Achtung des Rechts des Kindes, das von einem oder beiden Elternteilen getrennt ist, regelmäßige persönliche Beziehungen und unmittelbare Kontakte zu beiden Elternteilen zu pflegen, soweit dies nicht dem Wohl des Kindes widerspricht. Das Übereinkommen schafft jedoch keine Rechte für das einzelne Kind und gewährt ihm somit keinen eigenen vor einer internationalen Institution durchsetzbaren Anspruch.

Insbesondere beschränkt sich die Zuständigkeit des Europäischen Gerichtshofs für Menschenrechte auf die Fälle, die die Auslegung und Anwendung der EMRK betreffen (vgl. Art. 45 EMRK).

II
Vorgehen nach der *Konvention zum Schutze der Menschenrechte und Grundfreiheiten:*

Die Konvention (EMRK) hingegen bietet dem einzelnen die Möglichkeit, seine Rechte gerichtlich durchzusetzen. Allerdings ist ein kompliziertes, mehrstufiges Verfahren zu durchlaufen. Ausgegangen werden soll von einem eigenen Rechtsmittel des Sohnes ...., mit dem Ziel der Verpflichtung der BRD zur Gewährung eines Umgangsrechts sowie zur Zubilligung einer Entschädigung.

1.
Verfahren vor der *Europäischen Kommission für Menschenrechte* gem. Art. 25 bis 30 EMRK i.V.m. Art. 43 ff VerfOKom (Verfahrensordnung der Europäischen Kommission für Menschenrechte vom 4. 9. 1990. Bck. v. 29. 5. 1991, BGBl. 1991 II S. 838.)

a) Verfahrenseinleitung:
aa) Aktivlegitimation:

Art. 25 EMRK berechtigt jede natürliche Person die Kommission anzugehen, wenn sie sich durch das Verhalten eines der EMRK beigetretenen Mitgliedstaates in einem der durch die EMRK anerkannten Rechte verletzt fühlt. Die Aktivlegitimation liegt somit vor, da Deutschland der EMRK beigetreten ist.

Fraglich in diesem Zusammenhang ist jedoch, von wem .... als Minderjähriger vertreten werden soll. Eine Vertretung durch den Vater scheidet aus, wenn diesem kein Personensorgerecht mehr zusteht, da dann eine Vertretung des Kindes aufgrund der elterlichen Sorge aus § 1629 I 1 BGB nicht in Betracht kommt.

bb) Statthaftigkeit:
(1) Mögliche Rechtsgutsverletzung:

Die Beschwerde muß eine mögliche Verletzung eines der in der EMRK genannten Rechte betreffen. Durch die Nichtgewährung des Umgangsrechts durch das Familiengericht und das OLG, könnte das Recht des Sohnes .... auf Achtung seines Privat- und Familienlebens aus Art. 8 EMRK verletzt worden sein.

Ob allerdings im vorliegenden Fall eine solche Verletzung hinreichend möglich erscheint, kann aufgrund des insoweit unzureichenden Sachverhalts nicht eindeutig beantwortet werden. Ausgehend davon, daß Ihrem Mandanten das Personensorgerecht entzogen wurde, wäre u.a. von Bedeutung, ob das Familiengericht überhaupt von seiner Befugnis zur Regelung des Umgangsrechts gem. § 1634 II HS. 1 BGB Gebrauch gemacht hat oder der Personensorgeberechtigten Mutter (?) die Regelung des Umgangsrechts vorbehalten hat.

Insbesondere ist zu beachten, daß das in Art. 8 I EMRK garantierte Recht nicht unbeschränkt gewährt wird; Einschränkungen sind im Rahmen des Art. 8 II EMRK unter anderem möglich, soweit der Eingriff national gesetzlich vorgesehen und aufgrund der in Art. 8 II EMRK genannten öffentlichen Interessen und Rechtsgüter anderer notwendig ist. Angesichts der Tatsache, daß die Entscheidung des Familiengerichts vom OLG Frankfurt aufrecht erhalten wurde, ist eine zulässige Einschränkung indiziert. Insoweit ist zu unterstellen, daß beide Gerichte ihrer Verpflichtung aus Art. 20 III GG (Bindung an Gesetz und Recht) nachgekommen sind. Darüber hinaus ist zu bedenken, daß die Regelung des Umgangsrechts zum Schutze des Kindeswohls erfolgt (vgl. § 1634 II 2 BGB) und somit eine Rechtsgutsverletzung des Kindes nur dann anzunehmen sein wird, wenn .... darlegen kann, daß diese Regelung seinem Wohl abträglich ist. Nur dann würde sich die Ausfüllung des staatlichen Schutzauftrags durch die Gerichte zu einem Eingriff in die Freiheitsrechte des Beschwerdeführers wandeln.

(2) Rechtswegerschöpfung:

Das Gesuch ist gem. Art. 26 EMRK erst nach der Erschöpfung der innerstaatlichen Rechtsmittelverfahren zulässig. Hier ist also zu prüfen, ob .... selbst irgendwelche Möglichkeiten hätte, gegen die Entscheidung über das Umgangsrecht vorzugehen.

Ausgehend davon, daß der Vater nicht mehr personensorgeberechtigt ist, weil das Familiengericht die elterliche Sorge der Mutter übertragen hat (§ 1671 I, II BGB), besteht ein Umgangsrecht grundsätzlich für den Vater weiter. Dieses soll ihm ermöglichen, sich von dem Wohlergehen des Kindes zu überzeugen, bestehende Bande zu pflegen und einer Entfremdung vorzubeugen. Die Regelung des Umgangsrechts durch das Familiengericht (§§ 621, 623 ZPO) berücksichtigt dieses Recht, wobei das Kindeswohl oberste Richtschnur ist. Andererseits hat auch das Kind ein Recht auf Umgang mit dem Vater. Ein entgegenstehender Wille des Kindes ist deshalb beachtlich, ihm gebührt aber kein absoluter Vorrang. Unter

Berücksichtigung dieser Belange hatte das Familiengericht wohl seine Entscheidung gefällt.

Offenbar hat der Vater die Regelung des Umgangsrechts vor dem OLG Frankfurt mit einer Beschwerde gem. §§ 621 e ZPO, 119 I Nr. 2 GVG, 20 FGG angefochten. Offensichtlich hat das OLG die weitere Beschwerde vor dem BGH gem. §§ 621 e II ZPO, 133 Nr. 2 GVG nicht zugelassen, weil die Erfordernisse des § 546 I 2, 3 ZPO analog nicht vorgelegen haben. Damit sind für den Vater weitere Rechtsmittel (bis auf die Verfassungsbeschwerde) nicht denkbar.

Da es aber um .... Rechte geht, wäre zu prüfen, welche Rechtsbehelfe ihm selbst zustehen. Gem. § 20 FGG steht die Beschwerde jedem zu, dessen Recht (hier das durch das Umgangsrecht konkretisierte Recht auf allgemeine Handlungsfreiheit aus Art. 2 I GG) durch die Verfügung beeinträchtigt ist. Nach § 59 FGG wäre zusätzlich die Verfahrensfähigkeit .... gegeben. Nach dieser Vorschrift nämlich ist auch das minderjährige Kind selbst zur Beschwerde gegen seine Person betreffende Entscheidungen berechtigt. Es kann ohne die Mitwirkung seines gesetzlichen Vertreters das Beschwerderecht ausüben. Dies allerdings nur, wenn es bei der Verkündung der Entscheidung das vierzehnte Lebensjahr vollendet hat. Die Beschwerde unterliegt hierbei keiner Frist, weil keine sofortige Beschwerde angeordnet ist.

Weil .... offenbar eine Menschenrechtsverletzung geltend machen will und die Menschenrechte einen Mindeststandard im Vergleich zu den national garantierten Grundrechten darstellen, wäre nach einem erfolglosen Beschwerdeverfahren vor dem Familiengericht und den entsprechenden Beschwerdeinstanzen an ein Verfahren vor dem BVerfG zu denken.

cc) Frist des Art. 26 EMRK:

Sollten nunmehr die oben genannten Voraussetzungen erfüllt sein, muß das Verfahren vor der Kommission innerhalb einer Frist von sechs Monaten nach dem Ergehen der endgültigen innerstaatlichen Entscheidung anhängig gemacht werden.

dd) Form des Art. 251 EMRK i. V. m. Art. 43, 44 VerfOKom:

Es ist eine schriftliche und unterschriebene Beschwerde an den Generalsekretär des Europarats *(Secrétaire Général du Conseil de l'Europe, c/o Commission européenne des droits de l'homme, F- 67006 Strasbourg.)* zu schicken. Die Beschwerde muß im Regelfall unter Verwendung eines vom Sekretariat zur Verfügung gestellten Formulars erfolgen. Sie muß die in Art. 44 I VerfOKom vorgeschriebenen Mindestangaben enthalten. Verletzungsfolge ist, daß die Beschwerde u. U. nicht eingetragen und nicht geprüft wird.

b) Verfahren in der Kommission gem. Art. 27 ff EMRK i.V.m. Art. 47 ff VerfOKom:

aa) Zurückweisung des Gesuchs gem. Art. 27 EMRK:

Gem. Art. 27 I b) EMRK wird die Kommission das Gesuch zurückweisen, wenn es mit einem schon vorher geprüften Gesuch übereinstimmt oder einer anderen internationalen Untersuchungs- oder Ausgleichsinstanz unterbreitet worden ist, und wenn es keine neuen Tatsachenfeststellungen enthält.

Nach Art. 27 II EMRK wird das Gesuch abgewiesen, wenn es offensichtlich unbegründet ist. Dies wäre der Fall, wenn etwa Art. 8 EMRK aufgrund seines Schutzzwecks oder- umfangs ersichtlich nicht verletzt sein kann.

bb) Annahme des Gesuchs gem. Art. 28 EMRK:

Falls die Kommission das Gesuch annimmt, führt sie eine kontradiktorische Prüfung zur Feststellung der erheblichen Tatsachen durch und versucht eine gütliche Einigung herbeizuführen. Falls dies gelingt, ist das Verfahren beendet, das Gesuch wird aus dem Register gestrichen.

cc) Nachträgliche Zurückweisung:

Stellt die Kommission nachträglich die Unzulässigkeit des Gesuchs (s.o. aa) fest, kann sie es mit einer 2/3 Mehrheit nachträglich ablehnen.

dd) Bericht und Empfehlung an den Ministerausschuß gem. Art. 31 EMRK, Art. 60 VerfOKom:

Hat die Kommission das Gesuch nicht zurückgewiesen, so fertigt sie einen Bericht über den Sachverhalt an und nimmt zu der Frage Stellung, ob sich aus den festgestellten Tatsachen tatsächlich eine Verletzung der Verbürgungen der EMRK ergibt. Dieser Bericht wird dem Ministerausschuß zugeleitet.

ee) Entscheidung über die Vorlage an den EuGHfMR gem. Art. 61 VerfOKom:

Nachdem der Bericht der Kommission (s.o. dd) angenommen wurde, entscheidet das Plenum der Kommission darüber, ob die Rechtssache dem Europäischen Gerichtshof für Menschenrechte vorgelegt wird. Falls das Gesuch dem EuGHfMR nicht innerhalb von drei Monaten durch die Kommission vorgelegt wird, kommt es zu einer

2.
Entscheidung des Ministerausschusses gem. Art. 32 EMRK:

Hierbei wird mit 2/3 Mehrheit der berechtigten Mitglieder entschieden, ob die Konvention verletzt wurde. Falls eine Menschenrechtsverletzung bejaht wird, beschließt der Ministerausschuß, auf welchem Wege und in welchem Zeitraum der Mitgliedstaat die Verletzungshandlung und deren Folgen zu beseitigen hat.

3.
Verfahren vor dem EuGHfMR:

Entscheidet sich die Kommission zu einer Vorlage an den Gerichtshof gem. Art. 48 lit. a EMRK, so reicht sie ihren Antrag innerhalb von drei Monaten nach Übermittlung an das Ministerkomitee bei der Kanzlei des Gerichtshofs ein, vgl. Art. 32 VerfOEuGHfMR. *(Verfahrensordnung des Europäischen Gerichtshofs für Menschenrechte vom 23. 5. 1991. bek v. 27. 11. 1989 und 3. 1. 1992, BGBl. 1989 II S. 956, 1992 II S. 71.)*

Die Einzelheiten zum Verfahrensgang sind in den Art. 37 ff Ver-fOEuGHfMR niedergelegt.

Falls der EuGHfMR entscheidet, daß .... durch die deutsche Gerichtsbarkeit in seinen Rechten verletzt wurde, kann er ihm gem. Art. 50 EMRK eine vom nationalen Recht unabhängige Entschä-digung zubilligen.

Zusätzlich hatte mir Herr Nassauer empfohlen, zur Verfolgung meines Zieles einen Anwalt einzuschalten. Zu dieser Maßnahme konnte ich mich jedoch nicht entschließen, da ich noch die beleidigenden Briefe des Anwalts meiner Ex-Frau in Erinnerung hatte und die zwischen-menschliche Atmosphäre nicht unnötig belasten wollte. Meine sach-liche Art der Argumentation wollte ich beibehalten, zumal es nach meiner Meinung um die Verwirklichung eines elementaren Menschen-rechts ging. Nach Durchsicht der Vermerke des Herrn Nassauer war mir natürlich klar, daß die Erfolgsaussichten vor einem europäischen Gericht sehr skeptisch zu beurteilen waren, zumal es mir formal nicht gelungen war, den innerdeutschen Rechtsweg auszuschöpfen. Das Oberlandesgericht hatte mir die Zulassung zum Bundesgerichtshof verwehrt; der Bundesgerichtshof hatte erklärt, das Verfahren nicht an sich ziehen zu dürfen. Den Gang zum Bundesverfassungsgericht hielt ich für aussichtslos, da der Rechtsweg nicht ausgeschöpft war. Eine de facto-Rechtsverweigerung war mehrfach verneint worden – obwohl diese praktisch nach mehreren Jahren fruchtlosen Prozessierens ein-getreten war, da ein Umgangsrecht nur in der Zeit der Minderjährig-keit eines Kindes Sinn macht!

Die Frage, ob einem Kind vor einem europäischen Gericht ein Kla-gerecht zusteht, habe ich mir nie ernsthaft gestellt; ich war immer der Meinung, daß das Umgangsrecht zwischen einem Elternteil und dem leiblichen Kind ein Recht auf Gegenseitigkeit ist, wobei natür-lich der Elternteil dieses Recht einfordert, dem man das Sorge-recht genommen hat. Vater oder Mutter treten also stellvertretend für das Kind und sich selbst ein, da das Kind im allgemeinen die Bedeutung des Umgangs mit dem von ihm getrennten Elternteil nicht einschät-zen kann – wie dies bei meinem Sohn der Fall ist. Außerdem gilt ein kindliches Klagerecht erst ab dem 14. Lebensjahr, was bei meinem Sohn noch nicht erreicht war!

Jedenfalls hatte sich herausgestellt, daß im Fall meines Sohnes und mir der Europäische Gerichtshof für Menschenrechte in Straßburg zuständig war. Aus Luxemburg bekam ich einen höflichen Brief mit Erläuterungen über die Zuständigkeiten des dortigen Gerichts. Es hieß also: Auf nach Straßburg!

Am 20.04.95 schrieb ich dem Straßburger Gericht und klagte gegen die Bundesrepublik Deutschland wegen Verweigerung eines Umgangsrechts für meinen Sohn und mich. Die Umstände der Umgangsverweigerung schilderte ich wie im Brief an das Luxemburger Gericht; auch beantragte ich wieder, die Bundesrepublik Deutschland zu den bereits genannten Entscheidungen zu verurteilen: Normales Umgangs-recht für meinen Sohn und mich, Wiedergutmachungszahlung an meinen Sohn von 500 DM pro Trennungsmonat seit März 89 und Unkostenerstattung für mich. Die Antwort aus Straßburg ließ nicht lange auf sich warten. Mit Schreiben vom 02. 05.95 übersendet mir das Europäische Gericht für Menschenrechte die Europäische Menschenrechtskonvention und ein Merkblatt für Beschwerdeführer. Dabei fällt auf, daß die Bundesrepublik Deutschland zum damaligen Zeitpunkt das Zusatz-Protokoll Nr. 7 des Individual-Beschwerderechts nicht angenommen hatte. Als Deutscher hatte man also nur eingeschränkte Beschwerdemöglichkeiten. Außerdem ist bemerkenswert, daß die Amtssprachen der Kommission Englisch und Französisch sind, obwohl Deutsch in der Europäischen Union die am meisten gesprochene Sprache ist!

Mit Schreiben vom 12.05.95 teilt mir das Straßburger Gericht mit, daß aus den von mir eingereichten Unterlagen nicht hervorgehe, daß ich den innerstaatlichen Rechtsweg gemäß Art. 26 der Konvention ausgeschöpft habe. Dazu gehöre auch die Klage vor dem Bundesverfassungsgericht. Meine Klage werde deshalb der Kommission vorerst – ohne weitere Stellungnahme meinerseits – nicht vorgelegt.

GERICHTSHOF
DER
EUROPÄISCHEN GEMEINSCHAFTEN

Luxemburg, den 12. April 1995
F 300 DE

Kanzlei

Herrn
Prof. ~~████████~~
~~████████████~~

~~███████████~~

Sehr geehrter Herr Professor ~~██████~~

der Kanzler des Gerichtshofes der Europäischen Gemeinschaften bestätigt den Empfang Ihres Schreibens vom 16. März d.J.

Es erscheint angemessen, einige Informationen über Aufgaben und Zuständigkeit des Gerichtshofes vorauszuschicken.

1. Der Gerichtshof sichert die Wahrung des Rechts bei der Auslegung und der Anwendung der Verträge zur Gründung der Europäischen Gemeinschaften.
Die Auslegung und Anwendung von Vorschriften des innerstaatlichen Rechts der Mitgliedstaaten gehört nicht zu seinen Aufgaben. Ebensowenig ist der Gerichtshof zuständig für Beschwerden wegen behaupteter Verletzung der Europäischen Menschenrechtskonvention durch Behörden oder Gerichte der Unterzeichnerstaaten; der Gerichtshof ist nicht identisch mit dem Europäischen Gerichtshof für Menschenrechte in Straßburg (BP 431 R 6, F-67006 Strasbourg Cedex).

2. Der Gerichtshof ist keine höhere Instanz gegenüber den nationalen Gerichten und kann deren Entscheidungen nicht aufheben oder abändern.

3. Privatpersonen können die Kommission, das Parlament oder den Rat nur vor dem Gericht erster Instanz der Europäischen Gemeinschaften, nicht vor dem Gerichtshof verklagen. Dabei ist die Vertretung durch einen in einem Mitgliedstaat zugelassenen Rechtsanwalt zwingend vorgeschrieben.

4. Bei Streitigkeiten mit Mitgliedstaaten bzw. deren Behörden oder zwischen Privatpersonen sind ausschließlich die nationalen Gerichte zuständig. Dies gilt auch dann, wenn es um Fragen des Rechts der Europäischen Gemeinschaften geht. Hält das Gericht eines Mitgliedstaates die Klärung einer Frage nach der Auslegung des EGKS-, EG- oder Euratomvertrages oder nach der Gültigkeit oder der Auslegung von Handlungen der Organe dieser Gemeinschaften für erforderlich zum Erlaß seines Urteils, so kann (unter bestimmten Umständen: muß) es diese Frage dem Gerichtshof vorlegen. Die Parteien selbst sind hierzu jedoch nicht berechtigt.

Aus den vorstehend unter Punkt 1 aufgeführten Gründen kann der Gerichtshof auf Ihr vorgenanntes Schreiben hin nicht tätig werden.

Der Kanzler
Im Auftrag

H.A. Rühl
Hauptverwaltungsrat

Telefon : 4303-1
Telex   : 2510 CURIA LU
Telefax : 43-37-66

Aller Schriftverkehr ist zu richten an:
Gerichtshof der Europäischen Gemeinschaften
Kanzlei
L-2925 LUXEMBOURG

60

Meine Klage vor dem Europäischen Gerichtshof für Menschenrechte in Straßburg gegen die Bundesrepublik Deutschland begründete ich mit der Verletzung des Konventionsrechts Artikel 2 des Zusatzprotokolls (Recht der Eltern auf Sicherstellung der Erziehung ihrer Kinder nach ihren eigenen Überzeugungen) und Verletzung des Artikels 5 des Protokolls Nr. 7 (Ehegatten haben untereinander und in ihren Beziehungen zu ihren Kindern gleiche Rechte und Pflichten privatrechtlicher Art hinsichtlich der Eheschließung, während der Ehe und bei Auflösung der Ehe.) Im übrigen wiederholte ich meine Anträge, wie ich sie in meinem Schreiben vom 20.04.95 gestellt hatte.

Durch die Nicht-Weitergabe meiner Klage an die Kommission – wegen angeblicher Nichtausschöpfung des innerstaatlichen Rechtsweges – war ich natürlich in eine unangenehme rechtliche Situation geraten. Da ich so schnell nicht aufgeben wollte, setzte ich mich hin und schrieb dem Sekretär der Europäischen Menschenrechtskommission, Europarat, erneut einen Brief. Darin erneuerte ich meinen Antrag vom 08.05.95 und bat ihn der Kommission vorzulegen. Ich wies noch einmal darauf hin, daß jahrelange Versuche, das Umgangsrecht vor dem Familiengericht des Amtsgerichts zu erreichen, erfolglos waren. Meine Beschwerde vor dem Oberlandesgericht gegen die Entscheidung des Familiengerichts wurde am 06.01.95 zurückgewiesen. Vor dem Oberlandesgericht hatte ich die Zulassung zum Bundesgerichtshof beantragt, was mit Schreiben vom 21.06.95 abgelehnt wurde. Der von mir gewählte Direktkontakt mit dem Bundesgerichtshof brachte mir die Information, daß dieser das Eingreifen in das oberlandesgerichtliche Verfahren nicht vornehmen dürfe. Damit war für meinen Sohn und mich der innerstaatliche Rechtsweg ausgeschöpft, denn wenn die Revisionszulassung zum Bundesgerichtshof nicht gewährt wird, so ist der Weg zum Bundesverfassungsgericht erst recht versperrt!

Diese Argumentation schien den Sekretär der Menschenrechtskommission überzeugt zu haben. Noch im Juli 95 erhielt ich ein Schreiben von ihm mit den Unterlagen für die Klageerhebung. Er schrieb mir, daß ich nun ersucht werde, meine Beschwerde in dem beiliegenden Beschwerdeformular darzulegen. Eine Erläuterung des Formulars war beigefügt. Das Formular sollte innerhalb von sechs Wochen ab dem Datum seines Schreibens ordnungsgemäß ausgefüllt und unterschrieben zusammen mit allen für meine Beschwerde erheblichen Dokumenten eingereicht werden. Eine etwaige Fristversäumnis könne das Einbringungsdatum und somit die Sechsmonatsfrist gemäß Art. 26 der Konvention beeinflussen. Schließlich wurde ich noch darauf aufmerksam gemacht, daß der Akteninhalt aller bei der Kommission registrierten Beschwerden als vertraulich zu behandeln seien.

Nachdem ich die umfangreichen Erläuterungen für das Beschwerdeverfahren studiert hatte, begann ich mit dem Ausfüllen der Formulare, wobei sämtliche Punkte beantwortet werden mußten. Unter Punkt 14 schilderte ich den bisherigen Verlauf meiner Bemühungen um ein Umgangsrecht zu meinem Sohn; die Punkte davor betrafen meine Personalien. Unter Punkt 15 formulierte ich noch einmal meine Klage gegen die Bundesrepublik Deutschland, die ich mit der Verletzung des Konventionsrechts Artikel 2 des Zusatzprotokolls (Recht der Eltern auf Sicherstellung der Erziehung ihrer Kinder nach ihren eigenen Überzeugungen) begründete und zusätzlich mit der Verletzung des Artikels 5 des Protokolls Nr. 7 (Ehegatten haben untereinander und in ihren Beziehungen zu ihren Kindern gleiche Rechte und Pflichten privatrechtlicher Art hinsichtlich der Eheschließung, währen der Ehe und bei Auflösung der Ehe.) Im übrigen bezog ich mich auf den Inhalt meiner Schreiben an die Kommission vom 20.04.95, vom 08.05.95 und vom 04.07.95.

COMMISSION EUROPEENNE

D E S

D R O I T S D E L'H O M M E

———

CONSEIL DE L'EUROPE

STRASBOURG

EUROPEAN COMMISSION

O F

H U M A N   R I G H T S

———

COUNCIL OF EUROPE

STRASBOURG

HR-P0.D
CW/pt

Strassburg, 2. Mai 1995

Unser Zeichen: PI3761

    Auf Ihre Eingabe vom 20. April 1995 wird Ihnen hiermit die Europäische Menschenrechtskonvention und ein Merkblatt für Beschwerdeführer übersandt.

    Falls Sie bei der Europäischen Menschenrechtskommission eine Beschwerde nach Artikel 25 der Konvention erheben wollen, werden Sie gebeten, das beigefügte Merkblatt aufmerksam zu lesen.

    Wenn Sie glauben, die im ersten Teil des Merkblatts genannten Bedingungen zu erfüllen, sollten Sie den Gegenstand Ihrer Beschwerde gemäss den Angaben im zweiten Teil des Merkblatts darlegen.

    Wenn Sie beabsichtigen, Ihre Beschwerde vor der Kommission weiterzuführen, sollten Sie die genannten Angaben umgehend erstatten, da eine etwaige Verzögerung das Einbringungsdatum Ihrer Beschwerde und damit die Berechnung der Sechsmonatefrist gemäss Artikel 26 der Konvention beeinflussen kann.

                H.C. Krüger
        Sekretär der Europäischen
        Menschenrechtskommission

<u>Anlagen:</u>   Konvention
           Merkblatt

Herrn
~~████████████~~
~~████████████~~
~~████████████~~
~~████████████~~

Adresse postale :
CONSEIL DE L'EUROPE
F-67075 Strasbourg Cedex
FRANCE

Téléphone :

88 41 20 18

Télex :

EUR 870 943 F

Télécopie :

88 41 27 30

(10.94) MERKBLATT
für Personen, die sich an die EUROPÄISCHE MENSCHENRECHTS-
KOMMISSION wenden wollen

I. MIT WELCHEN FÄLLEN KANN SICH DIE KOMMISSION BEFASSEN?

1. Die Europäische Menschenrechtskommission ist ein internationales Organ, das unter bestimmten Voraussetzungen Beschwerden von Personen prüfen kann, die geltend machen, d a s s i h r e R e c h t e a u s d e r E u r o p ä i s c h e n Menschenrechtskonvention verletzt worden sind. Diese Konvention ist ein Vertrag, in dem mehrere europäische Staaten übereingekommen sind, bestimmte Grundrechte zu sichern. Die garantierten Rechte sind in der Konvention und in vier, nur von einigen dieser Staaten angenommenen Zusatzprotokollen (Nr. 1, 4, 6 und 7), aufgeführt. Lesen Sie bitte diese Texte und die beigefügten Vorbehalte.

2. Wenn Sie glauben, dass einer der in der beigefügten Liste genannten Staaten zu Ihrem Nachteil eines dieser Grundrechte verletzt hat, können Sie sich darüber bei der Kommission beschweren. Die Kommission kann sich jedoch nur mit Beschwerden befassen, die sich auf Rechte beziehen, welche in der Konvention oder einem der Protokolle aufgeführt sind. Sie ist kein Berufungsgericht gegenüber den nationalen Gerichten und kann deren Entscheidungen weder aufheben noch abändern. Sie kann sich auch in Ihrer Angelegenheit nicht unmittelbar an die Behörde wenden, über die Sie sich beklagen.

3. Die Kommission kann sich nur mit Beschwerden gegen die in der beiliegenden Liste aufgeführten Staaten befassen, die sich auf Vorgänge beziehen, welche sich nach bestimmten Daten ereignet haben. Das jeweils massgebliche Datum hängt vom betroffenen Staat sowie davon ab, ob ein Recht aus der Konvention oder einem der Protokolle geltend gemacht wird.

64

4. Sie können sich bei der Kommission nur über Akte einer <u>Behörde</u> (gesetzgebende Körperschaft, Verwaltungsorgan, Gericht usw.) eines der oben genannten Staaten beschweren. Die Kommission kann sich nicht mit Beschwerden gegen Einzelpersonen oder private Organisationen befassen.

5. <u>Bevor</u> Sie sich an die Kommission wenden, müssen Sie in <u>dem Staat, über den Sie sich beschweren wollen</u>, von <u>allen Rechtsbehelfen</u> Gebrauch gemacht haben, die Ihrer Beschwerde hätten abhelfen können. Das schliesst die Anrufung des höchsten zuständigen Gerichts ein (bei Beschwerden über Verurteilungen oder sonstige Gerichtsentscheidungen ist jedoch ein Antrag auf Wiederaufnahme des Verfahrens nach Erschöpfung des normalen Rechtswegs nicht erforderlich). Bei innerstaatlichen Rechtsbehelfen sind die einschlägigen Vorschriften, insbesondere Frist- und Formvorschriften einzuhalten. Wenn Ihr Rechtsmittel z.B. als verspätet oder aus einem anderen formellen Grunde als unzulässig zurückgewiesen wurde, kann sich die Kommission wahrscheinlich nicht mit Ihrem Fall befassen.

6. Nach der Entscheidung der letzten staatlichen Instanz haben Sie <u>sechs Monate</u> Zeit, um sich an die Kommission zu wenden. Bei Verurteilungen beginnt diese Frist mit der letzten Entscheidung im normalen Rechtsweg, nicht erst mit der Ablehnung eines Wiederaufnahmeantrags. Die Kommission kann Ihren Fall nur prüfen, wenn Sie vor Ablauf dieser Frist mindestens den wesentlichen Gegenstand Ihrer Beschwerde mitgeteilt haben.

II. <u>WIE MAN SICH AN DIE KOMMISSION WENDET</u>

7. Wenn Sie sich versichert haben, dass Ihre Beschwerde ein durch die Konvention oder eines der Protokolle garantiertes Recht betrifft, senden Sie zunächst ein Schreiben mit den in Ziff. 8 genannten Angaben an den Sekretär der Kommission unter folgender Anschrift:

An den Sekretär
der Europäischen Menschenrechtskommission
Europarat
F-67075 STRASBOURG CEDEX

8. Ihr Schreiben sollte enthalten:

   a. eine kurze Zusammenfassung Ihrer Beschwerde;

   b. die Angabe der Ihrer Ansicht nach verletzten Konventions-
      rechte;

   c. die Angabe der innerstaatlichen Rechtsbehelfe, von denen Sie
      Gebrauch gemacht haben;

   d. eine Liste der in Ihrem Fall ergangenen amtlichen Entschei-
      dungen. Geben Sie bitte für jede Entscheidung an, wann sie
      erging, von welchem Gericht oder welcher Behörde sie ge-
      troffen wurde, und sagen Sie kurz, was entschieden wurde.
      Die Entscheidungen sind in <u>Abschrift bzw. Photokopie</u> beizu-
      fügen. (Die Kommission kann nicht garantieren, dass Ihnen
      diese Dokumente wieder rückübermittelt werden. Es liegt
      daher in Ihrem eigenen Interesse, lediglich Kopien, <u>nicht</u> aber
      die Originale beizufügen).

Die Amtssprachen der Kommission sind Englisch und Französisch. Sie
können ihr aber auch auf deutsch oder einer der Sprachen der derzei-
tigen Mitgliedsstaaten des Europarates schreiben. Wenn Sie sich einer
anderen Sprache bedienen, könnten Verzögerungen wegen Übersetz-
zungsschwierigkeiten eintreten. Schreiben Sie bitte mit der Schreib-
maschine oder sehr leserlich.

9. Der Sekretär der Kommission wird Ihr Schreiben beantworten
   und Sie möglicherweise auffordern, nähere Auskünfte zu ertei-
   len, zusätzliche Unterlagen einzureichen oder bestimmte Punkte

Ihrer Beschwerde zu erläutern. Er kann Ihnen mitteilen, wie die Konvention in ähnlichen Fällen ausgelegt wurde, und Sie auf offenbare Bedenken gegen die Zulässigkeit Ihres Gesuchs hinweisen. Auskünfte über innerstaatliches Recht kann er Ihnen nicht geben.

10. Wenn sich aus Ihrem Schriftwechsel mit dem Sekretär ergibt, dass Ihr Gesuch als Beschwerde registriert werden kann und Sie dies wünschen, wird er Ihnen das Formular senden, das Sie für die förmliche Einlegung der Beschwerde benötigen. Ihre Beschwerde wird nach Eingang des ausgefüllten Formulars der Kommission vorgelegt werden.

11. Der Sekretär der Kommission wird Sie über den Fortgang des Verfahrens unterrichten. Das Verfahren ist nicht öffentlich und zunächst schriftlich. Es ist daher unnötig, dass Sie am Sitz der Kommission vorstellig werden.

12. Falls Sie die Möglichkeit haben, Ihre Vertretung einem Anwalt zu übertragen, sollten Sie dies tun. In einem späteren Verfahrensabschnitt kann Ihnen Verfahrenshilfe gewährt werden, wenn Sie einen Anwalt nicht bezahlen können; bei Einlegung der Beschwerde ist dies noch nicht möglich.

Unter Punkt 19 sollte angegeben werden, wozu die beklagte Seite (hier also die Bundesrepublik Deutschland) verurteilt werden sollte. Natürlich nannte ich wieder die Gewährung eines normalen Umgangsrechts mit gemeinsamem Wochenende alle zwei Wochen und zweiwöchigem gemeinsamem Urlaub einmal jährlich, darüber hinaus die Wiederaufnahme des Sorgerechtsverfahrens und schließlich die Entschädigungszahlung für meinen Sohn von 500 DM monatlich seit Kindesentführung im März 89, darüber hinaus die Erstattung meiner Unkosten.

Für die Korrespondenz standen nur zwei Sprachen zur Auswahl: Englisch oder Französisch. Ich entschied mich für Englisch.

(Deutsch)

ANERKENNUNGSDATEN DES INDIVIDUALBESCHWERDERECHTS
15.10.1994

STAAT	KONVENTION	PROTOCOLL No. 1	PROTOCOLL No. 4	PROTOCOLL No. 6	PROTOCOLL No. 7	PROTOCOLL No. 9
Belgien	05.07.1955	05.07.1955	30.06.1971	.	.	.
Bulgarien	07.09.1992	07.09.1992	.	-	-	.
Dänemark	13.04.1953	18.05.1954	02.05.1968	01.03.1985	01.11.1988	-
Deutschland	05.07.1955	13.02.1957	01.06.1968	01.08.1989	-	01.11.1994
Estland	-	-	-	-	-	.
Finnland	10.05.1990	10.05.1990	10.05.1990	01.06.1990	01.08.1990	01.10.1994
Frankreich	02.10.1981	02.10.1981	02.10.1981	01.03.1986	01.11.1988	-
Griechenland	20.11.1985	20.11.1985	-	-	-	-
Grossbritannien	14.01.1966	14.01.1966	-	-	-	-
Irland	25.02.1953	18.05.1954	18.10.1968	01.07.1994	.	01.10.1994
Island	29.03.1955	29.03.1955	02.05.1968	01.06.1987	01.11.1988	-
Italien	01.08.1973	01.08.1973	01.01.1983	01.01.1989	-	01.10.1994
Lettland	«.	-	-	-	-	-
Liechtenstein	08.09.1982	-	.	01.12.1990	-	.
Luxemburg	28.04.1958	28.04.1958	02.05.1968	01.03.1985	16.01.1990	01.10.1994

Malta	01.05.1987	01.05.1987	-	01.04.1991	.	.
Niederlande	28.06.1960	28.06.1960	23.06.1982	01.05.1986	.	01.10.1994
Norwegen	10.12.1955	10.12.1955	26.09.1969	01.11.1988	01.01.1989	01.10.1994
Österreich	03.09.1958	03.09.1958	12.03.1970	01.03.1985	01.11.1988	01.10.1994
Polen	01.05.1993	10.10.1994	10.10.1994	-	-	01.02.1995
Portugal	09.11.1978	09.11.1978	09.11.1978	01.11.1986	-	-
Rumänien	20.06.1994	20.06.1994	20.06.1994	01.07.1994	01.09.1994	01.10.1994
San Marino	22.03.1989	22.03.1989	22.03.1989	01.04.1989	01.06.1989	-
Schweden	04.02.1952	18.05.1954	02.05.1968	01.03.1985	01.11.1988	.
Schweiz	28.11.1974	-	.	01.11.1987	01.11.1988	-
Slowakische Republik	01.01.1993	01.01.1993	01.01.1993	01.01.1993	01.01.1993	01.10.1994
Slowenien	28.06.1994	28.06.1994	28.06.1994	01.07.1994	01.09.1994	01.10.1994
Spanien	01.07.1981	27.11.1990	-	01.03.1985	-	-
Tschechische Republik	01.01.1993	01.01.1993	01.01.1993	01.01.1993	01.01.1993	01.10.1994
Türkei	28.01.1987	28.01.1987	.	-	-	-
Ungarn	05.11.1992	05.11.1992	05.11.1992	01.12.1992	01.02.1993	01.10.1994
Zypern	01.01.1989	01.01.1989	01.08.1992	-	-	01.01.1995

Mit Schreiben vom 26.07.95 bestätigte mir der Sekretär der Europäischen Menschenrechtskommission den Erhalt meiner Beschwerde und nannte mir das zugewiesene Aktenzeichen; als Datum der Einbringung galt der 20.04.95. Gemäß der Verfahrensordnung der Kommission werde ein Mitglied der Kommission als Berichterstatter den Fall vorprüfen und der Kommission über die Zulässigkeit berichten. Da die Kommission nicht ständig tagt, werde sie sich mit meinem Fall befassen, sobald es der Geschäftsgang erlaubt. Das Verfahren sei grundsätzlich schriftlich; vor der Kommission brauche ich nur auf Vorladung persönlich zu erscheinen. Die Entscheidung der Kommission wird mir nach Richterspruch mitgeteilt.

Dann wurde ich aufgefordert, jede weitere Entwicklung hinsichtlich des von mir vorgetragenen Beschwerdesachverhalts und diesbezügliche Gerichtsentscheidungen ohne weitere Aufforderung mitzuteilen. Schließlich wurde ich darauf hingewiesen, daß gemäß Artikel 33 der Konvention die Sitzungen der Kommission unter Ausschluß der Öffentlichkeit stattfinden. Der Akteninhalt, einschließlich des Parteivortrags, des Schriftverkehrs und der den Fall betreffenden Dokumente sei daher vertraulich zu behandeln und dürfe der Öffentlichkeit nicht zugänglich gemacht werden.

Nun, den letzten Punkt habe ich hiermit nicht eingehalten. Da der Fall aber inzwischen gerade über 10 Jahre zurückliegt, glaube ich, nicht vertragsbrüchig geworden zu sein. Schwerwiegender sind natürlich die Bedingungen, über jede weiter Entwicklung hinsichtlich meines Beschwerdeverfahrens auf nationaler Ebene zu berichten. Die Familienrichterin am Amtsgericht hatte ein neues Aktenzeichen eingerichtet, um geplante Aktivität zu signalisieren – zumal sie von meinem Vorstoß vor das Europäische Gericht wohl erfahren hatte; ich hatte dies mal erwähnt. Und so gab es denn auch Termine vor dem Familiengericht: Am 06.10.95, am 27.10.95, am 19.01. 96, am 16.02.96 und 15.03.96. Zu keinem dieser Termine fand eine Verhandlung statt; alle Termine wurden unter einem jeweils anderen Vorwand wieder abgesagt. Natürlich teilte ich diese Entwicklung der Kommission in Straßburg mit, was mit meinen diesbezüglichen Schreiben zu den Akten genommen wurde und meine Chance in Straßburg natürlich nicht gerade verbesserte. Man mußte dort den Eindruck haben, vor dem Familiengericht werde an meinem Fall gearbeitet, was natürlich nur eine vorgetäuschte Aktivität war! Als Nicht-Jurist kann man sich über manche Praktiken der Gerichte nur wundern!

Mit Schreiben vom 16.11.95 – nach nunmehr 80-monatiger Kindes-entziehung – wendete ich mich erneut an das Straßburger Gericht mit dem Antrag, die Bundesrepublik Deutschland im Zuge einer einst-weiligen Anordnung aufzufordern, meinem Sohn und mir Besuchs-kontakte zum Weihnachtsfest 95 in meinem Haus zu ermöglichen, ein schriftliches Umgangsrecht zu formulieren und Entschädigungs-zahlungen für meinen Sohn wegen eingetretenen Entwicklungsstö-rungen zu leisten. Die Antwort auf diesen Antrag kam vom Sekretär der Kommission mit Schreiben vom 23.11.95.

Er schrieb:

Sehr geehrter Herr ...

Hiermit bestätige ich den Erhalt Ihres Schreibens vom 16. November 1995, das am 21. hier einging.

Hinsichtlich Ihres Antrages auf Maßnahmen nach Art. 36 der Ver-fahrensordnung der Kommission werden Sie darauf hingewiesen, daß die Anwendung dieser Vorschrift auf dringende Fälle beschränkt ist, in denen ein sehr schwerer, nicht wieder gutzumachender Schaden einträte (im wesentlichen bei Beschwerden nach Art. 2 oder 3 der Konvention, wenn der Beschwerdeführer aus dem Hoheitsbereich des betreffenden Staates entfernt werden soll). Ihre Beschwerde liegt außerhalb dieses gewöhnlichen Anwendungsbereiches von Art. 36. Ihr Antrag ist daher gemäß einer allgemeinen Anweisung dem Präsidenten der Kommission nicht zur Entscheidung vorgelegt worden.

Es ist noch nicht abzusehen, wann sich die Kommission mit Ihrem Fall befassen wird.

Hochachtungsvoll!
Für den Sekretär der Europäischen Menschenrechtskommission ...

Damit würde ich also meinen Sohn zum bevorstehenden Weihnachts-fest wieder nicht zu sehen bekommen! Darüber hinaus wurde meine Chance einer positiven End-Entscheidung immer geringer, denn das Familiengericht entwickelte plötzlich bisher nicht gekannte Aktivität mit der Ankündigung diverser Verhandlungstermine. Diese Termine wurden zwar ausnahmslos wieder annulliert, signalisierten aber, daß der innerstaatliche Rechtsweg noch nicht ausgeschöpft sei, was ich der Kommission in Straßburg natürlich mitteilen mußte. Und so kam denn auch noch im November 95 die endgültige Ablehnung, in eng-lischer Sprache.

Im Begleitschreiben hieß es:

»Sehr geehrter Herr...!

Hiermit übersende ich Ihnen eine Ausfertigung der Entscheidung, welche die Europäische Menschenrechtskommission über die Zulässigkeit dieser Beschwerde getroffen hat. Diese Entscheidung ist endgültig. Sie unterliegt keiner Berufung an die Kommission oder eine andere Stelle. Die vorlie-gende Mitteilung ergeht gemäß Art. 52 Abs. 1 der Verfahrensordnung der Kommission. In der Anlage übersende ich Ihnen die Unterlagen, die Sie zur Unterstützung dieser Beschwerde vorgelegt haben.

Hochachtungsvoll!
Für den Sekretär der Europäischen Menschenrechtskommission ...«

Damit waren also mein Sohn und ich wieder in den Niederungen der deutschen Justiz gelandet. Nun, ganz so zwecklos war mein Straßbur-ger Engagement wohl doch nicht, denn im bisher so passiven Fami-liengericht regte sich etwas. Auch muß angemerkt werden, daß ich immerhin erreicht hatte, daß sich die Kommission in Straßburg unter einem offiziellen Aktenzeichen mit meinem Fall befaßt hatte, was auf den Anfangsverdacht einer Menschenrechtsverletzung schließen läßt.

Über dieses Straßburger Zwischenspiel habe ich so ausführlich be-richtet, um Personen in ähnlicher Lage Hinweise für eine mögliche Klage geben zu können. Nicht verschweigen möchte ich auch die Hilfestellung, die ich durch den Abgeordneten des Europäischen Parlaments, Herrn Nassauer, erfahren habe, der mir noch in 95 Unterlagen über die Europäische Justiz zukommen ließ, die auch hier wiedergegeben werden sollen. Mit einem Schreiben vom 22.01.96 habe ich Herrn Nassauer ausdrücklich dafür gedankt.

Bevor ich nun den Fortgang meines juristischen Anliegens schildere, möchte ich zunächst meine Erfahrungen mit den bisher kontaktierten Gerichten zusammenfassen.

6. Das Verhalten der Gerichte: Familiengericht am Amtsgericht, Oberlandesgericht, Bundesgerichtshof, Europäisches Gericht für Menschenrechte.

COUNCIL OF EUROPE   CONSEIL DE L'EUROPE

EUROPEAN COMMISSION OF HUMAN RIGHTS

DECISION

AS TO THE ADMISSIBILITY OF

Application No. 28030/95
by
against Germany

The Committee of three members, set up by the European Commission of Human Rights pursuant to Article 20 para. 3 of the Convention for the Protection of Human Rights and Fundamental Freedoms, having noted that the above application has been transferred to it by the Commission, having regard to the report provided for in Rule 47 of the Rules of Procedure of the Commission and having deliberated in private on **20 October 1995**, the following members being present

Mrs. G.H. THUNE, President of the Committee

MM.   I. CABRAL BARRETO

G. RESS

Mr.   E. FRIBERGH, Secretary to the Committee

Unanimously decides as follows:

The Committee is not required to decide whether or not the facts submitted by the applicant in the application introduced on 20 April 1995 and registered on 26 July 1995 under file No. 28030/95 disclose any appearance of a violation of the Convention as the applicant failed to lodge a constitutional complaint with the Federal Constitutional Court and has not, therefore, in accordance with Article 26 of the Convention, exhausted the remedies available under German law.

It follows that the application must be rejected under Article 27 of the Convention.

Accordingly, the Committee

DECLARES THE APPLICATION INADMISSIBLE.

Secretary to the Committee   President of the Committee

(E. FRIBERGH)   (G.H. THUNE)

DIREKTER ZUGANG DES EUROPÄISCHEN BÜRGERS ZUR EUROPÄISCHEN JUSTIZ

Die Europäischen Gemeinschaften (EG, EGKS und EAG) sind Rechts-
gemeinschaften. Die 1993 gegründete Europäische Union, die auf diesen
beruht und durch die neuen Politiken von Maastricht ergänzt wird, ist
gleicher Rechtsnatur.

Das Gemeinschaftsrecht zeichnet sich dadurch aus, daß es ein auto-
nomes, für alle Mitgliedsländer der Gemeinschaft einheitliches Recht ist,
das sich von dem nationalen Recht unterscheidet und diesem zugleich
übergeordnet ist, und daß ein wesentlicher Teil der Rechtsvorschriften
in allen Mitgliedstaaten unmittelbar gilt.

Wie jede wahre Rechtsordnung verfügt die Rechtsordnung der Europäischen Union über ein wirksames System des Schutzes und der richterlichen Kontrolle: Der Gerichtshof bildet das Zentrum dieser Einrichtung
zur Wahrung des Rechts. Aufgabe der Richter ist es, zu vermeiden, daß
nicht jeder dieses Recht nach seiner Fasson auslegt und anwendet, zu
gewährleisten, daß die gemeinsamen Rechtsvorschriften ihre Prägung und
ihre gemeinschaftliche Art bewahren, und sicherzustellen, daß diese für
alle und unter allen Gegebenheiten identisch bleiben.

Seit seiner Gründung 1952 bis heute wurde der Gerichtshof mit mehr
als 8.600 Rechtssachen befaßt. Seit 1985 wurde die Zahl von 400 Rechtssachen jährlich überschritten. Um diesem Ansturm Herr zu werden und
gleichzeitig annehmbare Verfahrensfristen einzuhalten, paßte der Gerichtshof seine Verfahrensordnung an, damit er die Rechtssachen rascher
behandeln kann, und beantragte er beim Rat die Schaffung eines neuen
Organs der Rechtsprechung. Auf diesen Antrag hin hat ihm der Rat 1989
ein *Gericht erster Instanz* beigeordnet.

75

Zusammensetzung des Gerichtshofes der Europäischen Gemeinschaften

Der Gerichtshof besteht aus fünfzehn Richtern (einer je Mitgliedstaat). Die Richter – wie auch die Generalanwälte – werden von den Regierungen der Mitgliedstaaten im gegenseitigen Einvernehmen auf sechs Jahre ernannt; Wiederernennung ist zulässig. Sie werden unter Persönlichkeiten ausgewählt, die jede Gewähr für Unabhängigkeit bieten und in ihrem Staat die für die höchsten richterlichen Ämter erforderlichen Voraussetzungen erfüllen oder Juristen von anerkannt hervorragender Befähigung sind. Die Richter des Gerichtshofes wählen aus ihrer Mitte den Präsidenten des Gerichtshofes für die Dauer von drei Jahren; Wiederwahl ist zulässig.

Die neun Generalanwälte unterstützen den Gerichtshof und helfen ihm bei der Erfüllung seiner Aufgabe. Sie sind damit beauftragt, in völliger Unparteilichkeit und Unabhängigkeit begründete Schlußanträge zu den dem Gerichtshof unterbreiteten Rechtssachen öffentlich zu stellen. Ihre Funktion darf nicht mit der eines Staatsanwalts oder einer anderen gleichwertigen Instanz verwechselt werden, denn diese Rolle wird von der Kommission in ihrer Eigenschaft als Hüterin des Gemeinschaftsinteresses wahrgenommen.

Der Gerichtshof kann in Vollsitzungen oder in Kammern mit drei oder fünf Richtern tagen. Er tagt in Vollsitzungen, wenn ein Mitgliedstaat oder ein Organ der Gemeinschaft dies verlangt sowie bei besonders schwierigen oder bedeutenden Rechtssachen. Die anderen Rechtssachen werden in Kammern geprüft.

Das Gericht erster Instanz besteht aus fünfzehn Richtern, die von den Regierungen der Mitgliedstaaten im gegenseitigen Einvernehmen auf sechs Jahre ernannt werden; Wiederwahl ist zulässig. Die Mitglieder des Gerichts wählen aus ihrer Mitte den Präsidenten des Gerichts. Es gibt keine ständigen Generalanwälte, so daß deren Funktionen in einer begrenzten Zahl von Rechtssachen durch die Richter selbst ausgeübt werden. Das Gericht tagt in Kammern, die von drei oder fünf Richtern gebildet werden. Es kann bei besonders wichtigen Rechtssachen auch in Vollsitzung tagen.

Zuständigkeiten

Der Gerichtshof hat somit die Wahrung des Rechts bei Auslegung und Anwendung der die Europäischen Gemeinschaften begründenden Verträge wie auch der durch die zuständigen Gemeinschaftsorgane erlassenen Rechtsvorschriften zu sichern. Zwecks Wahrnehmung dieser Aufgabe wurde der Gerichtshof mit weitreichenden richterlichen Zuständigkeiten ausgestattet, die er im Rahmen unterschiedlicher Kategorien von direkten Klagen oder des Verfahrens der Vorabentscheidung (zu dem lediglich die Richter der Mitgliedstaaten Zugang haben) ausübt.

Klage wegen Verletzung einer Verpflichtung aus dem Vertrag (Artikel 169-171 EG-Vertrag) Diese ermöglicht dem Gerichtshof die Kontrolle über die Erfüllung der sich aufgrund des Gemeinschaftsrechts ergebenden Verpflichtungen durch die Mitgliedstaaten. Dieses Verfahren kann entweder von der Kommission – das ist praktisch der häufigste Fall – oder von einem Mitgliedstaat eingeleitet werden. Stellt der Gerichtshof die Vertragsverletzung fest, so hat der Mitgliedstaat diese unverzüglich abzustellen. Stellt der Gerichtshof nach erneuter Anrufung durch die Kommission fest, daß der betreffende Mitgliedstaat seinem Urteil nicht nachgekommen ist, so kann er die Zahlung eines Pauschalbetrags oder Zwangsgelds verhängen (neue Befugnis des Gerichtshöfe gemäß dem Vertrag von Maastricht).

Nichtigkeitsklage (Artikel 173-174 EG-Vertrag)
Diese ermöglicht den Mitgliedstaaten, dem Rat und der Kommission – und unter bestimmten Voraussetzungen dem Europäischen Parlament und der Europäischen Zentralbank -, die Nichtigerklärung der Gesamtheit oder eines Teils eines rechtswidrigen Gemeinschaftsakts zu verlangen, und jeder natürlichen oder juristischen Person, die Nichtigerklärung von Gemeinschaftsentscheidungen zu verlangen, die an sie ergangen sind oder die sie unmittelbar und individuell betreffen. Diese Klage ist binnen zwei Monaten zu erheben, wobei die Frist normalerweise von der Bekanntgabe des Aktes an läuft. Diese Klage gibt daher dem Gerichtshof die Möglichkeit einer Kontrolle der Legalität der Handlungen der

Gemeinschaftsorgane. Ist die Klage begründet, so erklärt der Gerichtshof die angefochtene Handlung für nichtig.

Untätigkeitsklage (Artikel 175 EG-Vertrag)

Diese ermöglicht den Mitgliedstaaten und den Gemeinschaftsorganen, den Gerichtshof um Kontrolle der Rechtmäßigkeit eines Nichttätigwerdens oder einer Unterlassung des Rates, der Kommission oder des Parlaments und um Feststellung ihres Schweigens oder ihrer Untätigkeit zu ersuchen. *Jede natürliche oder juristische Person* kann vor dem Gerichtshof Beschwerde darüber führen, daß ein Organ der Gemeinschaft es unterlassen hat, einen verbindlichen Akt an sie zu richten.

Schadensersatzklage (Artikel 178 EG-Vertrags)

Diese auf die außervertragliche Haftung gestützte Klage ermöglicht dem Gerichtshof, die Haftung der Gemeinschaften bei durch die Organe oder die Bediensteten in Ausübung ihrer Amtstätigkeit verursachtem Schaden zu bestimmen.

Vorabentscheidung (Artikel 177 EG-Vertrag)

Der Gerichtshof übt ferner Zuständigkeiten im Wege eines weiteren, sehr bedeutsamen Verfahrens aus. Als oberster Hüter der gemeinschaftlichen Rechtmäßigkeit ist er dennoch nicht die einzige gerichtliche Instanz, die zur Anwendung des Gemeinschaftsrechts ermächtigt ist. Die Gerichte in jedem Mitgliedstaat sind nämlich auch gemeinschaftliche gerichtliche Instanzen, insofern als

- die administrative Ausführung des Gemeinschaftsrechts, die im wesentlichen den Verwaltungsorganen der Mitgliedstaaten übertragen ist, ihrer Kontrolle unterworfen bleibt;
- eine große Zahl von Bestimmungen der Verträge und des abgeleiteten Rechts (Verordnungen, Richtlinien, Entscheidungen) unmittelbar Einzelrechte zugunsten der Staatsangehörigen der Mitgliedstaaten begründen, die sie zu wahren verpflichtet sind.

Damit die tatsächliche Anwendung der gemeinschaftlichen Rechtsvorschriften gesichert und vermieden wird, daß die Disparitäten bei den Auslegungsregeln der einzelnen nationalen Gerichte nicht zu einer divergierenden Auslegung des Gemeinschaftsrechts führen können, wurde in den Verträgen das Verfahren der Vorabentscheidung eingeführt, das ohne Herstellung hierarchischer Bindungen eine fruchtbare Zusammenarbeit zwischen dem Gerichtshof und den Gerichten der Mitgliedstaaten institutionalisiert hat.

In Rechtssachen, bei denen das Gemeinschaftsrecht in Frage gestellt wird, können die nationalen Richter sich somit im Falle eines Zweifels bezüglich der Auslegung oder der Gültigkeit dieses Rechts an den Gerichtshof wenden, um ihm Fragen hinsichtlich der Auslegung des Gemeinschaftsrechts vorzulegen – und auf der Ebene der letzten Instanzen sind sie dazu verpflichtet. Jeder europäische Bürger kann die ihn betreffenden Gemeinschaftsvorschriften präzisieren lassen.

Das nationale Gericht, an das die Antwort gerichtet ist, muß auf den Streitfall, über den es zu befinden hat, das Recht in der vom Gerichtshof vorgenommenen Auslegung – ohne Änderung noch Verformung – anwenden. Desgleichen kann die Vorabentscheidung des Gerichtshofes andere Gerichte, wenn sie mit einem materiell identischen Problem befaßt sind, leiten.

Dieses System, dessen Vorteile durch die große Zahl von Vorabentscheidungsvorlagen seit der Gründung des Gerichtshofes umfassend aufgezeigt wurden, gewährleistet eine einheitliche Auslegung und eine homogene Anwendung des Gemeinschaftsrechts in der gesamten Gemeinschaft.

Das Gericht erster Instanz ist gegenwärtig für folgende Klagen im ersten Rechtszug zuständig: – alle Nichtigkeits-, Untätigkeits- und Schadensersatzklagen, die von _natürlichen oder juristischen Personen_ gegen die Gemeinschaft erhoben werden;
   – und Klagen, die aufgrund des EGKS-Vertrags durch Unternehmen
      gegen die Kommission erhoben werden sowie bei Streitsachen zwi-
      schen der Gemeinschaft und ihren Beamten und Bediensteten.
Der Vertrag über die Europäische Union ermöglicht, daß in Zukunft auf Beschluß des Rates jede andere Gruppe von Rechtssachen, mit Ausnahme der Vorabentscheidungen, dem Gericht erster Instanz übertragen werden kann.

Das Verfahren

Das Verfahren vor dem Gerichtshof und dem Gericht erster Instanz beginnt mit der Einreichung der Klageschrift bei der Kanzlei- bzw. der Entscheidung des Richters eines Mitgliedstaats bei Fragen zur Vorabentscheidung – und wird nach der öffentlichen Sitzung und den Schlußanträgen des Generalanwalts durch das rechtskräftige Urteil abgeschlossen. Beim Gerichtshof kann ein auf Rechtsfragen beschränktes Rechtsmittel gegen Entscheidungen, die das Gericht erster Instanz in den in seine Zuständigkeit fallenden Rechtssachen getroffen hat, eingelegt werden.

Die durchschnittliche Dauer der Rechtssachen vor dem Gerichtshof und dem Gericht erster Instanz beträgt derzeit 20 Monate. Die Verfahrenssprache kann eine der elf Amtssprachen der Gemeinschaft wie auch Irisch sein. Sie wird bei unmittelbaren Klagen grundsätzlich vom Kläger gewählt und ist bei Vorabentscheidungsvorlagen die Verfahrenssprache des nationalen Gerichts. Die Urteile und die Schlußanträge der Generalanwälte werden in der Sammlung der Rechtsprechung des Gerichtshofes in allen Amtssprachen veröffentlicht. Auch auf der Ebene der europäischen Justiz besteht die Möglichkeit, Prozeßkostenhilfe zu beantragen.

	Unmittelbare Klagen 1953-1994	Fragen zur Vorabentscheidung von Gerichten der Mitgliedstaaten 1961-1994	Von Klagen wegen Verstoßes gegen Verpflichtungen betroffene Mitgliedstaaten 1961-1994
Deutschland	42	901	78
Belgien	12	322	158
Dänemark*	5	52	20
Spanien*	37	41	31
Frankreich	50	501	130
Griechenland*	20	32	104
Irland*	12	30	58

Italien	53	365	297
Luxemburg	7	33	63
Niederlande	34	419	51
Portugal*	6	11	11
Vereinigtes Königreich*	24	186	35
Mitgliedstaaten insgesamt	302	2.893	1.036
Kommission	1.072		
Rat	4		
Parlament	19		
Organe insgesamt	1.095		
Natürliche oder juristische Personen	2.303	-	
Gesamtzahl	3.700		

seit ihrem jeweiligen Beitritt

Einige bedeutende Urteile des Gerichtshofes

Der Gerichtshof ist ein sehr wichtiger Faktor der europäischen Integration, seine Urteile haben die Entwicklung des Gemeinschaftsrechts erheblich beeinflußt. Er hat im besonderen die Beziehungen zwischen den Mitgliedstaaten und der Union, aber auch den Rechtsschutz der Einzelpersonen definiert. Ausgehend von den Grundsätzen der unmittelbaren Geltung und der Vorrangigkeit des Gemeinschaftsrechts hat die Rechtsprechung des Gerichtshofes diese Justiz für die europäischen Bürger zu einer Realität werden lassen. Dank dieser Rechtsprechung können die europäischen Bürger sich nunmehr vor ihren Richtern auf die Bestimmungen der Verträge, Verordnungen und Gemeinschaftsrichtlinien berufen und verlangen, daß ein nationales Gesetz auf sie keine Anwendung findet, sofern es zu den gemeinschaftlichen Rechtsvorschriften im Widerspruch steht.

- Der Gerichtshof wurde häufig angerufen, um die Verpflichtungen der Mitgliedstaaten hinsichtlich des freien Warenverkehrs zu präzisieren und dabei für die Beseitigung aller Handelshemmnisse zwischen den Mitgliedstaaten Sorge zu tragen. So können die Europäer seit dem Urteil Cassis de Dijon (1979) in ihrem Land jedes beliebige Nahrungsmittel aus einem Mitgliedsland der Gemeinschaft verzehren, vorausgesetzt daß dieses in letzterem Land rechtmäßig hergestellt und vermarktet wird.

- Der Gerichtshof hat bei vielen Gelegenheiten die Freizügigkeit der Arbeitnehmer bekräftigt, und derzeit wird ein diesbezüglich bedeutendes Urteil über die im Bereich des Profisports, insbesondere bei Fußballspielern, bestehende Diskriminierung erwartet.

- Der Gerichtshof hatte ferner über die im Bereich des freien Wettbewerbs zu befolgenden allgemeinen Vorschriften zu entscheiden. Als Beispiel sei angeführt, daß der Gerichtshof infolge seines Urteils Nouvelles Frontieres (1986) festgestellt hat, daß die Wettbewerbsvorschriften der Verträge für den Luftverkehr gelten, was die Deregulierung der Luftverkehrstarife erleichtert hat.

- Der Gerichtshof hat die grundlegenden Prinzipien der gemeinsamen Agrarpolitik (Einheit des Marktes, Gemeinschaftspräferenz) gefestigt und das reibungslose Funktionieren der zu ihrer Durchführung eingesetzten Mechanismen gesichert.

- Der Gerichtshof hat in der Rechtssache Defrenne (1971) die Auffassung vertreten, daß für die unmittelbare Anwendung der Bestimmung über gleiches Entgelt für Männer und Frauen keine gemeinschaftliche Maßnahme oder Maßnahme der Mitgliedstaaten notwendig sei und daß es den nationalen Gerichten obliege, jedem europäischen Bürger diesen Grundsatz zugute kommen zu lassen.

- Zumal der Umweltschutz als solcher bestimmte Einschränkungen des Grundsatzes des freien Warenverkehrs rechtfertigen kann, hat der Gerichtshof beispielsweise 1988 die den Vertriebshändlern von Bier- und Erfrischungsgetränken durch Dänemark auferlegte Verpflichtung zur Bereitstellung eines Pfand- und Rücknahmesystems für das Leergut als rechtmäßig festgestellt.

– Es ist notwendig, den Schutz <u>von Personen</u> hervorzuheben, den der Gerichtshof in dem wesentlich technischen und wirtschaftlichen Rahmen des Gemeinschaftsrechts als seine Aufgabe wahrgenommen hat. Seit den Urteilen Stauder (1969), Internationale Handelsgesellschaft (1970) und Nold (1974) war der Gerichtshof stets um die Wahrung der Grundsrechte des einzelnen bemüht, wobei er sich hütete, den Rahmen des Gemeinschaftsrechts zu überschreiten. In seinem Urteil Francovich (1991) hat der Gerichtshof den Grundsatz der Haftung des Mitgliedstaats für Schäden, die Einzelpersonen wegen Verstößen gegen das Gemeinschaftsrecht entstanden sind, sowie die Verpflichtung zum Schadensersatz bekräftigt.

– Ferner war der Gerichtshof veranlaßt, darauf zu erkennen – ehe dies im Vertrag von Maastricht ausdrücklich vorgesehen wurde –, daß das Parlament gegen Handlungen anderer Organe, sofern diese seine Rechte in Frage stellen, Klage erheben kann (Urteil vom 22. Mai 1990).

Zukunftsperspektiven

Die Europäische Union steht gegenwärtig vor zwei Herausforderungen, die ihre Zukunft prägen werden: die Erweiterung nach Osten und die Regierungskonferenz, die 1996 beginnt und zu einer Reform der Verträge führen soll. Der Beitritt der Union zur Europäischen Menschenrechtskonvention, eine größere Transparenz auf der Ebene des gemeinschaftlichen Rechtsetzungsprozesses und die Schaffung eines Anspruches der Bürger auf Information, die Ausweitung der Zuständigkeiten des Gerichtshofes auf die Bereiche der gemeinsamen Außen- und Sicherheitspolitik und die Angelegenheiten im Bereich Justiz und Inneres zwecks Verbesserung ihrer Effizienz, eine Ausdehnung des Klagerechts vor dem Gerichtshof für Einzelpersonen, die Schaffung einer normativen Hierarchie, all dies sind Themen, die unter anderem auf der Tagesordnung dieser Konferenz stehen werden und bedeutende Folgen auf der Ebene der Rechtssprechung des Gerichtshofes haben dürften.

In jedem Fall wird der Gerichtshof weiterhin die Wahrung des Rechts bei der Auslegung und Anwendung der Verträge sichern, und seine Urteile werden von all denen vollstreckt und geachtet werden, die das Gelingen eines großen Europa des Friedens und der Gerechtigkeit anstreben.

Auszüge aus dem Dokument »Handlungsfähigkeit. Demokratie und Transparenz« (Dokument Poettering). das auf dem EVP-Kongreß vom 5.-7. November 1995 in Madrid vorgelegt wird

- »Das Ergebnis der 1996 beginnenden Regierungskonferenz muß eine Europäische Union sein, die nach innen und außen handlungsfähig ist und effizient handelt, die den demokratischen Prinzipien gerecht wird und deren Entscheidungsabläufe für die Bürgerinnen und Bürger der Europäischen Union verständlich und nachvollziehbar sind."

1– »Die Verträge beinhalten heute keine Grund- und Menschenrechte. Zwar hat der Europäische Gerichtshof Grundsätze durch seine Rechtssprechung hierfür entwickelt, aber es entspricht den Grundsätzen europäischer Rechtsordnung und damit auch der Rechtsordnung der Europäischen Union, daß Grund- und Menschenrechte ausdrücklich kodifiziert sind. Alle Bürgerinnen und Bürger der Europäischen Union sollen sich auf gemeinsame Grund- und Menschenrechte berufen können.«

5– »Es ist nicht länger hinnehmbar, daß die Richter am Europäischen Gerichtshof durch die nationalen Regierungen ohne Beteiligung des Europäischen Parlaments berufen werden. Es entspricht den demokratischen Prinzipien, daß das Europäische Parlament in den Prozeß der Berufung der Richter des Europäischen Gerichtshofes einbezogen wird und insoweit eine Stellungnahme abgibt.«

15– »In dieser Rahmengesetzgebung muß das Strafmaß festgelegt werden, damit in der Europäischen Union die Verstöße und Vergehen gegen das Europarecht zumindest vergleichbar geahndet werden.

Der Europäische Gerichtshof hat durch verschiedene Urteile schon die Richtung in verschiedenen Bereichen deutlich gemacht. Die nationalen Gerichte haben damit auch feste Vorgaben für ihre Urteile.«

Für die Veröffentlichung verantwortlich: Pascal Fontaine Redaktion: Delia Carro
Or.: FR
Dienststelle Wissenschaft und Dokumentation PPE-Fraktion – Europäisches Parlament 96-113, Rue Belliard B-1040 Brüssel

Nach diesem Exkurs in die ambitionierte europäische Gerichtsbarkeit komme ich wieder in die deutsche Justiz zurück.

Wenn ein Elternteil von seinem Kind getrennt wird – wie in meinem Fall durch eine Kindesentführung – dann erfährt davon im allgemeinen zuerst das Jugendamt, welches daraufhin das Familiengericht benachrichtigt. Der entführende Elternteil hat damit zunächst vollendete Tatsachen geschaffen, an denen das Familiengericht nicht mehr vorbeikommt. Wenn dann der von seinem Kind getrennte Elternteil – im allgemeinen ist es der Vater – den Kontakt mit seinem Kind über eine Wiederherstellung der Lebensgemeinschaft mit seiner Partnerin erreichen will, dann vergeht zusätzliche Zeit, in der das Kind dem Partner entfremdet wird. Das Jugendamt vergewissert sich, in welchen Lebensumständen beide Eltern sind, wobei der Vater meist in der ungünstigeren Position ist. Der entführende Elternteil hat die Entführung natürlich gut vorbereitet und kann nachweisen, daß das Kind zusätzlich von vertrauten Personen (Oma, Tante oder Freundin) betreut werden kann – während der vom Kind getrennte Elternteil überrumpelt wurde und nichts Gleichwertiges zu bieten hat – jedenfalls für die Zeit seiner beruflichen Abwesenheit. Und so wird das Jugendamt dem Familiengericht vorschlagen, dem entführenden Elternteil das vorläufige alleinige Sorgerecht zu übertragen, was denn auch in aller Regel geschieht. Der Elternteil, bei dem das Kind nun wohnt und lebt, hatte ja die Absicht, das Kind vom Partner zu trennen und wird durch feindseliges Verhalten ein gemeinsames Sorgerecht verhindern. Keine Rolle spielt in diesem

Zusammenhang der Rechtsbruch der Kindesentführung, der zwar nach § 235 StGB strafbar ist, im Familienrecht jedoch keine Anwendung findet. Manchmal hat man den Eindruck, daß das Prinzip der Schuld immer mehr aus der Rechtsprechung verschwindet. Im Familienrecht spielt – im Zusammenhang mit Kindern – das Kindeswohl eine entscheidende Rolle, was sicher seine guten Gründe hat. Da dieser Begriff jedoch in weiten Grenzen interpretierbar ist, hat man die Entscheidung über Sorgerecht und Umgangsrecht nur auf eine andere Ebene verlagert. Die Lebensphilosophie des Familienrichters ist nun entscheidend. Und wer als Vater auf eine feministische Familienrichterin trifft – wie in meinem Fall – der hat besonders schlechte Karten! Ihm steht zwar nach § 1684 BGB ein Umgangsrecht zu, aber das kann dauern. Im Extremfall bis zum Eintritt der Volljährigkeit des Kindes. Ich will hierbei die Schwierigkeiten der Familienrichter nicht unterschätzen, wünsche ihnen jedoch in vielen Fällen die Weisheit des Richters vom »Kaukasischen Kreidekreis«, der nicht der Frau das Sorgerecht übertrug, die das Kind an sich riß, sondern derjenigen, die sich zurückhielt, um das Kind nicht zu verletzen. In den meisten Fällen ist die Kindesentführung kein Zeichen von Liebe sondern von Egoismus und Besitzstreben. Das fängt an mit dem Ausspruch »Mein Bauch gehört mir« und geht weiter mit dem Besitzanspruch gegenüber dem Kind nach der Geburt. Viele Frauen erkennen die Gleichberechtigung des Vaters nicht an – auch wenn er sich noch so viel Mühe gibt und wenn es zehnmal im Gesetz steht. Eine alleinerziehende Mutter (in Ausnahmefällen auch ein alleinerziehender Vater) prägt das Kind so sehr auf sich, daß der andere Elternteil keine realistische Chance hat, ein herzliches Verhältnis zum eigenen Kind aufzubauen. Auch hier betone ich noch einmal, daß ich für unbescholtene und fürsorgliche Väter spreche – nicht für die wenigen, die tatsächlich für ihre Kinder eine Gefahr darstellen, wobei es natürlich auch solche Mütter gibt!

Hat ein Familiengericht das Sorgerecht der alleinerziehenden Mutter übertragen, so wird sie im Normalfall Vater-Kind-Kontakte dadurch blockieren, daß sie sich weigert, daran mitzuwirken. Feindschaft zum Vater ist das sicherste Mittel, seine Kontakte zum Kind zu verhindern. Nach meiner Erfahrung machen Familiengerichte die alleinerziehenden

Mütter kaum einmal darauf aufmerksam, daß auch ihnen das Sorgerecht entzogen werden kann, wenn sie bewusst nicht kooperativ sind.

Wenn das Verfahren vor dem Familiengericht optimal verläuft – und
das ist nur dann der Fall, wenn beide Elternteile zustimmen – dann
bleibt das elterliche Sorgerecht bestehen und beide Elternteile befinden
einvernehmlich über das Leben des Kindes, auch nach der Ehescheidung. Da dieser Fall aber – leider! – der Ausnahmefall ist, wird über
das Sorgerecht gestritten, was – wie bereits erwähnt – wegen gün-
stigerer Rahmenbedingungen meist der Kindesmutter zufällt. Der
Vater hat dann einen verbrieften Anspruch auf Umgang mit seinem
Kind – üblicherweise ein gemeinsames Wochenende alle zwei Wochen
und einmal im Jahr einen zweiwöchigen gemeinsamen Urlaub. Und
hier beginnt das Problem, denn durch eine längere Kindesentziehung
ist dem Vater das Kind entfremdet worden, was ja meist beabsichtigt
war. Das Familiengericht kann nun recht frei über das »Kindeswohl«
entscheiden, wozu oft ein psychologisches Gutachten eingeholt wird,
welches das Familiengericht jedoch keineswegs bindet. Paßt dem Familienrichter das Gutachten nicht, so wird er es nicht beachten und
nach eigenem Gutdünken entscheiden. Entweder wird er dem Vater
vertrauen und in Erwartung eines sorgsamen Umgangs ihm das normale Umgangsrecht zugestehen. Entscheidet jedoch eine feministische
Familienrichterin – wie in meinem Fall – dann ist das Ziel eines normalen Umgangsrechts schier unerreichbar. Es werden Verhandlungstermine angesetzt, die der Vater aus beruflichen Gründen nicht einhalten kann: es werden Verhandlungen in seiner Abwesenheit durchgeführt, obwohl er geladen war; es werden Termine »verwechselt«, es
werden wahrheitswidrig Behauptungen aufgestellt – insgesamt ergibt
sich ein Bild augenzwinkender Kumpanei zwischen Familienrichterin und Kindesmutter, was mir auch von vielen anderen Vätern in
ähnlicher Situation bestätigt wurde. Die wahre Gesinnung »meiner«
Familienrichterin zeigte sich in ihrer aktiven Teilnahme an einer familienfeindlichen und daher auch verfassungsfeindlichen Veranstaltung im Juni 1992, worauf ich bereits hingewiesen habe.

Nachdem sich der rechtsuchende Vater solcherart ausgetrickst
sieht, wendet er sich an das Oberlandesgericht, das wieder an das

Familiengericht zurückverweist, da das dortige Verfahren noch nicht abgeschlossen sei. Wegen Verfahrensverschleppung und Parteilichkeit eingereichte Anträge auf Befangenheit der Richterin werden von ihrem Dienstvorgesetzten, dem Amtsgerichtspräsidenten, und später auch vom Oberlandesgericht wegen nicht ausreichender Begründung abgelehnt. Schließlich bleibt die Möglichkeit einer Dienstaufsichtsbeschwerde gegen die Richterin, von der ich auch Gebrauch gemacht habe. Auch hier zeigt sich eine gewisse »Nibelungen-Treue« zwischen Richterin, Amtsgerichtspräsident und Oberlandesgericht. Man könnte auch von einem gewissen Corps-Geist sprechen: Wir lassen uns doch von einem Nicht-Juristen unsere richterliche Unabhängigkeit nicht kaputt machen! Um das Kindeswohl ging es hier schon lange nicht mehr! Also die Dienstaufsichtsbeschwerde wurde sowohl vom Amtgerichtspräsidenten als auch vom Oberlandesgericht abgelehnt. Mit dem Punkt der Teilnahme an einer verfassungsfeindlichen Veranstaltung in aktiver Form taten sich beide Instanzen jedoch einigermaßen schwer. Schließlich einigte man sich auf die Formulierung, der Vorwurf sei zu wenig »substanziiert«. Eine anwendungsfreundliche Formulierung.

Nach wenigen ein- bis zweistündigen Treffen mit meinem Sohn in 94/95 unter Aufsicht des Herrn F. V. vom »Weißen Ring« und keinerlei Aussicht auf ein normales Umgangsrecht beantragte ich vor dem Oberlandesgericht die Zulassung zum Bundesgerichtshof, was mir prompt versagt wurde, da die Möglichkeiten Familiengericht und Oberlandesgericht noch nicht ausgeschöpft seien. Unabhängig davon wandte ich mich an den Bundesgerichtshof, der dann auch »meine« Akten anforderte.

Der Bundesgerichtshof antwortete recht verständnisvoll, richtete auch ein Aktenzeichen ein, erklärte jedoch, den Fall nicht an sich ziehen zu dürfen, da das oberlandesgerichtliche Verfahren noch nicht abgeschlossen sei und die Zulassung zum Bundesgerichtshof nicht eröffnet worden sei. So blieb also der Gang vor den Europäischen Gerichtshof für Menschenrechte, den ich ja ausführlich beschrieben habe und der letztlich erfolglos war, da das innerstaatliche Verfahren noch nicht ausgeschöpft worden war. Nun, so ganz erfolglos waren meine

Aktivitäten wohl doch nicht, denn es erscheint mir wichtig, sich gegen ganz offensichtliche Menschenrechtsverletzungen zu wehren, auch wenn sich der Erfolg nicht sofort einstellt. Immerhin habe ich dazu beigetragen, daß der innerjuristische Dialog in der Frage der Umgangsgewährung angestoßen wurde, was sich auch in Form von neuen Terminen vor dem Familiengericht äußerte.

7. Die Staatsanwaltschaft.

Dieses Kapitel ist relativ schnell zu behandeln, da man das Schuldprinzip nahezu ganz aus dem Familienrecht herausgenommen hat. In meinem Fall wandte ich mich im April 89 an die Staatsanwaltschaft am Amtsgericht, nachdem der Rechtsbruch der Kindesentführung durch meine damalige Ehefrau offenkundig war. Der Staatsanwalt, mit dem ich ein längeres Gespräch hatte, riet mir, einen Strafantrag innerhalb von sechs Wochen zu stellen, was noch möglich gewesen wäre. Er wies jedoch darauf hin, daß ich durch eine Verurteilung meiner Ehefrau meinem Kind wohl keinen Schritt näher kommen würde. Und so verzichtete ich auf einen Strafantrag, weil ich noch auf eine Familienzusammenführung hoffte und auch den Beamtenstatus meiner damaligen Ehefrau nicht gefährden wollte.

Erst 1992 ergab sich wieder eine Situation, in der meine Ehefrau wortbrüchig wurde und meine Geduld erschöpft war. Am 23.04.92 kam es zu einem Treffen zwischen meiner Noch-Ehefrau, einem Vertreter des Jugendamtes und mir im Jugendamt, wobei meine Ehefrau zusagte, Kontakte zwischen meinem Sohn und mir bis spätestens Mitte 92 zu ermöglichen. Diese Vereinbarung wurde schriftlich festgehalten und dem Familiengericht und mir zugeschickt. Trotz mehrerer Briefe, die ich ihr schrieb und in denen ich Vorschläge für Treffen mit unserem Sohn machte, weigerte sich meine Frau, sich an ihre Zusage vor dem Jugendamt zu halten. Am 17. 09.92 stellte ich dann bei der Staatsanwaltschaft des Amtsgerichts Strafantrag gegen meine inzwischen von mir geschiedene Ehefrau wegen Kindesentziehung. Dieser Strafantrag wurde angenommen, es ergab sich ein Anfangsverdacht und meine Ex-Frau – dazu auch meine Ex-Schwiegermutter – wurden von der Kriminalpolizei vernommen. Ganz offensichtlich hat diese Prozedur ihre Wirkung nicht verfehlt; es gab Signale des Einlenkens, so daß ich den Strafantrag Anfang 94 zurückzog, um Treffen mit meinem Sohn zu erleichtern und meiner Ex-Frau berufliche Schwierigkeiten zu ersparen. Auch hier muß gesagt werden, daß eine Verurteilung meiner Ex-Frau die Vater-Kind-Beziehung nicht befördert hätte. Um zukünftigen Kontakten mit meinem Sohn einen zusätzlichen Schub zu geben, verzichtete ich zu Gunsten meiner Ex-Frau und meines Sohnes auf eine mir zustehende Steuer-Rückzahlung von 7.500 DM.

8. Die ersten Begegnungen mit meinem Sohn.

Wie bereits beschrieben, hatte ich in 1994/95 insgesamt acht Kurz-Begegnungen mit meinem Sohn etwa 15 km von meinem Haus entfernt, teilweise unter Anwesenheit des Herrn F. V. vom »Weißen -Ring«. Diese Begegnungen verliefen – nach Aussage des Anwalts meiner Ex-Frau – recht befriedigend; nach meiner Einschätzung praktisch problemlos, wenn der Herr F. V. nicht zuletzt die Position der Kontaktstörung meiner Ex-Frau übernommen hätte.

Das letzte Treffen mit meinem Sohn war am 28.01.95, wobei es dem Herrn F. V. vom Weißen Ring und meiner Ex-Frau gelang, mich abzudrängen und allein mit meinem Sohn in ein Ausflugslokal zu fahren. Es kam also nur zu einem Kurzkontakt mit meinem Sohn; im Nachhinein frage ich mich, warum ich mir dies alles habe antun lassen! Herr F. V. war nur an Kontakten mit meiner Ex-Frau interessiert; seine Rolle als Vermittler war damit zu Ende.

Im Verlaufe des Jahres 95 setzte nun die Familienrichterin verschiedene Termine für mündliche Verhandlungen an, die sie aus den verschiedensten Gründen kurze Zeit später wieder aufhob. Hier nur ein Beispiel: Verhandlungstermin am 06.10.95, wird aufgehoben wegen Verhinderung eines Vertreters des Jugendamtes und auf den 27.10.95 verlegt, wozu der Jugendamtsvertreter erst gar nicht mehr geladen wurde, obwohl er sich zum Verfahren zwischenzeitlich nicht geäußert hatte und auch kein neuer Sachstand eingetreten war. Die Verlegung des Termins 06.10.95 diente ganz offensichtlich der Verfahrens-Verschleppung. Fast überflüssig zu sagen, daß der Termin 27.10.95 auch – unter einem anderen Vorwand – aufgehoben wurde Die nicht stattfindenden – von der Familienrichterin angesetzten – Verhandlungstermine überschlugen sich, bis es am 31.01.96 zu einer Anhörung meines Sohnes vor dem Familiengericht kam, wobei er die Position seiner Mutter vertrat und Treffen mit mir zwar nicht ablehnte, sie aber gern in Anwesenheit des Herrn F. V. hätte. Wegen der häufigen Terminaufhebungen aus fragwürdigen Gründen hatte ich zwischenzeitlich einen Befangenheitsantrag gegen die Familienrichterin beim Oberlandesgericht gestellt; der Antrag wurde mit Schreiben vom 22.04.96 abgelehnt: Die Terminverlegungen seien begründet.

Nach langem Hin und Her legt die Familienrichterin einen Verhandlungstermin auf Freitag, den 28.06.96, 11.00 h, obwohl sie weiß, daß ich diesen Termin aus beruflich unabweisbaren Gründen nicht einhalten kann – was ich ihr bereits mit Schreiben vom 28.02.96 mitgeteilt hatte. Eine unglaubliche Geringschätzung meiner beruflichen Tätigkeit. Erst ein Schreiben des Dekans meines Fachbereichs ließ die Familienrichterin etwas nachdenklich werden; er bestätigte, daß ich freitags bis 13.00 h Lehrveranstaltungen abzuhalten habe, die nicht verlegt werden können. Der Familienrichterin schlug ich vor, den Termin auf 13.00 h zu verlegen oder mir im schriftlichen Verfahren das normale Umgangsrecht zuzuerkennen, da ich in 94/95 bereits acht gut verlaufene Treffen mit meinem Sohn hatte und darüber hinaus zu erwarten sei, daß ich als erfahrener Hochschullehrer verantwortungsvoll mit dem Umgangsrecht umgehen werde. Der Erfolg: Ablehnung!

Schließlich verlegt die Familienrichterin den Verhandlungstermin auf Freitag, den 19.07.96, 10.00 h, den ich wegen der Sommer-Semesterferien einhalten kann. Diese Verhandlung fand statt, wobei neben der Familienrichterin meine Ex-Ehefrau, ihr Anwalt, Herr F. V. vom Weißen Ring, ein Vertreter des Jugendamtes und ich erschienen. Ich bedauerte, daß die Kontakte zu meinem Sohn am 28.01.95 wegen unzumutbarer Nebenbedingungen vorläufig zu Ende kamen und forderte meine Ex-Frau auf, die Anti-Vater-Beeinflussung unseres Sohnes zu beenden, damit er angstfrei auf mich zugehen könne. Meine Ex-Frau behauptete, unseren Sohn nicht gegen seinen Vater einzustellen; meine schriftlich und mündlich gemachten Vorschläge für gemeinsame Treffen seien zu kurzfristig gewesen, so daß sie darauf nicht eingehen konnte. Herr F. V. erklärte, meine Begegnungen mit meinem Sohn seien zunächst in seiner Anwesenheit erfolgt, dann ohne ihn. Das letzte Treffen am 28.01.953 verlief wenig befriedigend, da er mit der Kindesmutter und meinem Sohn zu einem entfernten Ausflugslokal fahren wollte und ich dort an einem Nebentisch sitzen sollte, was ich als unzumutbar ablehnte. Danach hätte ich ihn nicht mehr als Vertrauensperson akzeptiert.

Schließlich äußerte sich noch der Vertreter des Jugendamtes und bot seine Vermittlungsdienste an. Alle Beteiligten taten sich sehr wichtig und hatten natürlich nur das Wohl meines Sohnes im Sinn. Daß die Eltern dabei die entscheidende Rolle spielen müßten, blieb dabei völlig im Hintergrund!

Die Familienrichterin formulierte darauf folgenden Beschluß: In Abänderung des Beschlusses des Familiengerichts vom 04.07.94 wird das Umgangsrecht des nicht sorgeberechtigten Vaters mit dem Kind wie folgt geregelt: Der Vater ist berechtigt, mit dem Kind zusammen zu sein für zwei Stunden zweimal im Monat in Gegenwart eines psychologischen Sachkundigen (Kinderschutzbund, Beratungsstelle der Caritas, Kinderpsychologische Praxis usw.) Sobald ein Vertrauensverhältnis zwischen dem Vater und dem Kind entstanden ist, was von der Feststellung der psychologischen Fachkraft abhängt, ist der Vater berechtigt, allein mit dem Kind zusammen zu sein. Eine Ausdehnung des Besuchsrechts kann erst im Anschluß an ein über eine gewisse Zeit praktiziertes problemloses Zusammentreffen zwischen Vater und Kind erfolgen.

Als Grund für diese restriktive Regelung führte die Richterin an, daß mein Sohn seinen Vater seit Januar 95 nicht mehr getroffen habe, mir mit einer gewissen Ängstlichkeit begegne und ich ihm verschiedentlich eine Widmung in ein Buchgeschenk geschrieben habe, obwohl er sich bei einer Gelegenheit dagegen ausgesprochen hatte. Fürwahr schwerwiegende Vorwürfe! Um meinem Sohn zu ersparen, wieder durch eine psychologische »Mangel« gedreht zu werden, machte ich meiner Ex-Frau den schriftlichen Vorschlag, den Umgang mit meinem Sohn intern zu regeln. Natürlich lehnte sie ab – wahrscheinlich in der Hoffnung, wieder einen Vermittler und Aufpasser wie den Herrn F. V. vom Weißen Ring zu finden.

Bei genauem Studium des nun vorliegenden Beschlusses fällt auf, daß es ein Beschluß des tiefgründigen Mißtrauens gegenüber dem Vater ist. Nicht die Mutter, die das Kind durch Kindesentführung und jahrelange Kindesentziehung dem Vater entzogen hat, wird unter psychologische Kontrolle gestellt – wie es normal wäre. Vielmehr wird das Opfer dieser Rechtsbrüche – der Vater, wozu ja auch noch der Sohn zu rechnen ist – dieser unwürdigen Prozedur unterzogen. Schlimmer kann man die Verhältnisse nicht auf den Kopf stellen! Möglicherweise hat die Richterin damit gerechnet, daß ich nun aufgeben würde, um mir dies nicht auch noch antun zu lassen. Damit hätte sie natürlich behaupten können, ich wolle keinen Kontakt mit meinem Sohn – und Ex-Ehefrau und Richterin hätten ihr Ziel erreicht. Also machte ich weiter. Am 10.09.96 rief ich bei der Ärztlich-Psychologischen Beratungsstelle an und fragte nach der Möglichkeit einer Vermittlung in einer familiären Umgangsangelegenheit zwischen Vater und einem achtjährigen Kind. Die Antwort war eine glatte Ablehnung, da man mit diesen Problemen wegen geringer Erfolgsaussichten zu schlechte Erfahrungen gemacht habe. Daraufhin wandte ich mich an die Psychologische Beratung der Caritas (13.09.96), wo ich auf Hilfsbereitschaft stieß und gleich einen Besprechungstermin mit einem Familientherapeuten für den 16.09.96 vereinbarte. Zu dieser Besprechung kam es leider nicht, da ich in der Nacht 15./16.09. schwer erkrankte, mit einem Notarztwagen in ein Krankenhaus gebracht werden mußte und eine Darmoperation knapp überstand. Wegen der Schwere des Falles mußte ich eine gewisse Zeit intensivmedizinisch behandelt werden, so daß man mir empfahl, Familienangehörige zu benachrichtigen. Ich rief also meine Ex-Frau an, schilderte auf ihrem Anrufbeantworter meine Situation, nannte das Krankenhaus, die Abteilung, die Zimmernummer und die Tel.-Nr. an meinem Bett. Ich bat sie, mich mit unserem Sohn zu besuchen. Die Reaktion? Fehlanzeige! Kein Anruf, kein Besuch.

Wegen meiner Erkrankung konnte ich erst wieder am 31.10.96 mit Herrn R. von der Caritas ein Gespräch führen. Ich lag vorher mehrere Wochen in der Klinik und mußte auch anschließend noch täglich zur Wundbehandlung ambulant dort erscheinen. Immerhin erreichte ich, daß sich Herr R. zur Vermittlung bereit erklärte, worauf ich am 31.10.96 meine Ex-Frau anschrieb und ihr vorschlug, sich ebenfalls mit Herrn R. in Verbindung zu setzen, nachdem sie Vater-Sohn-Kontakte ohne Zwischenschaltung eines Vermittlers abgelehnt hatte. Es kam dann auch zu einem Treffen zwischen Herrn R. und meiner Ex-Frau, wobei vereinbart wurde, daß Herr R. meinen Sohn am 03.12.96 im Haus der Caritas kennenlernen sollte. Dieses Treffen hat meine Ex-Frau dann leider abgesagt; auch das für den 16.12. vereinbarte Treffen fand nicht statt, worauf ein dritter Versuch am 19.12. starten sollte. Dies erfuhr ich durch ein Telefonat mit Herrn R. am 17.12, wobei ich ihn bat, sich dafür einzusetzen, daß ich meinen Sohn zum Weihnachtsfest 96 sehen und sprechen kann. Dies ist ihm leider nicht gelungen, wohl aber ein Kennenlernen meines Sohnes, so daß es am 04.02.97 zum ersten Treffen zwischen Herrn R., meiner Ex-Frau, meinem Sohn und mir im Caritas-Haus kam. Das letzte Treffen mit meinem Sohn lag zwar zwei Jahre zurück, was jedoch offensichtlich keine totale Entfremdung bewirkt hatte, denn mein Sohn ging unbefangen auf mich zu und plauderte auch munter drauf los. Wir spielten miteinander – Spielzeug war reichlich vorhanden – wobei sich Herr R., der einen kompetenten pädagogischen Eindruck machte, klug zurückhielt. Er hatte wohl den Eindruck, mehr oder weniger überflüssig zu sein. Meine Ex-Frau machte einen skeptischen, unzufriedenen Eindruck, da sie offensichtlich nicht das Spiel wie zwei Jahre zuvor mit Herrn F. V. vom Weißen Ring spielen konnte. Nach etwa zwei Stunden Spiel und Plauderei über die letzten zwei Jahre verabschiedeten wir uns und vereinbarten das nächste Treffen für den 10.03.97 an gleicher Stelle. Dieses Treffen fand statt kurz nach dem 9. Geburtstag meines Sohnes; wir erzählten uns von den Ereignissen der zurückliegenden Wochen, spielten miteinander und gingen dann nach etwa einer Stunde in die Stadt in ein Cafe, wo wir Kuchen aßen und Kakao tranken. Herr R. und meine Ex-Frau waren im Caritas-Haus zurückgeblieben. Auch diese etwa einstündige »Exkursion« verlief problemlos.

Das dritte Treffen sollte am 14.04.97 wieder im Caritas-Haus stattfinden, mußte jedoch abgesagt werden, da Herr R. auf unabsehbare Zeit erkrankt war. Um den Fortschritt in der Beziehung zu meinem Sohn nicht zu gefährden, stellte ich beim Familiengericht mit Schreiben vom 29.04.97 den Antrag, meinem Sohn und mir endlich ein normales Umgangsrecht zuzugestehen. Die ablehnende Antwort der Familienrichterin ließ dann auch nicht lange auf sich warten. Sie teilte mit, daß es im Fall meines Sohnes und mir bisher zwei abgeschlossene Umgangsverfahren unter verschiedenen Aktenzeichen gegeben habe. Würde ein normales Umgangsrecht zugestanden, dann müsse dies in einem neuen Verfahren unter einem neuen Aktenzeichen geschehen. (Schreiben vom 23.05.97) Da ich mich mit dieser Antwort nicht zufrieden gab, schrieb ich am 02.06.97 erneut an das Familiengericht und forderte erneut ein normales Umgangsrecht für meinen Sohn und mich, egal unter welchem Aktenzeichen. Ich wies darauf hin, daß nach dem Urteil vom 19.07.96 meinem Sohn und mir monatlich zwei je zweistündige Treffen zustanden, in den zurückliegenden 10 Monaten also 20 Treffen. Zustande gekommen sind jedoch nur zwei Treffen, was zeigt, daß das gewählte Verfahren nicht praktikabel ist. Zusätzlich komme erschwerend hinzu, daß meine Ex-Frau die Umsetzung der Vereinbarung nicht nur verschleppe, sondern auch dem gemeinsamen Sohn vermittle, daß die begleitende psychologische Person die Aufgabe habe, ihn, den Sohn, vor dem Vater zu schützen, was sich eindeutig aus Äußerungen und Verhalten des Sohnes ergibt.

Die Richterin wies noch darauf hin, daß mir Zwangsmaßnahmen nach § 33 FGG zur Verfügung stünden, wenn meine Ex-Ehefrau den Gerichtsbeschluß vom 19.07.96 nicht vollständig umzusetzen bereit sei. (Zweimalige Treffen mit meinem Sohn monatlich). Außerdem sei ein normales Umgangsrecht nur möglich, wenn das Verhältnis der Eltern gegenseitig kooperativ sei. – Auch in dieser Äußerung zeigt sich wieder die Verwechslung von Ursache und Wirkung! Gerade weil meine Ex-Ehefrau den Umgang meines Sohnes mit mir verhindern möchte, ist sie nicht kooperativ! Schließlich kam es noch am 30.06.97 zu einem (dritten) Treffen mit meinem Sohn im Caritas-Haus, was wieder problemlos verlief. Ich spielte mit meinem Sohn Tischtennis, später auch mit Herrn R, wobei mein Sohn die Punkte zählte und sich gelegentlich zu meinen Gunsten (absichtlich oder nicht?) verzählte. Die Treffen im Caritas-Haus waren grundsätzlich positiv, wenn auch wegen der häufigen Erkrankung des Herrn R. unsicher. Dazu kam das Problem, mit meiner Ex-Frau Termine abzusprechen; es gab immer neue Absagen und Verhinderungen. Viele Väter kennen diese Probleme; man spricht nicht umsonst von der indirekten Kindesentziehung. Das letzte Treffen mit meinem Sohn im Caritas-Haus war dann – unterbrochen von den Sommerferien – am 11.08.97. Ich hatte ihn also mehr als zwei Monate nicht gesehen und fragte ihn, ob er schöne Ferien gehabt habe.

Die Antwort: »Ich glaube kaum, daß dich das etwas angeht!« Ich war zunächst sprachlos und beobachtete die Reaktion meiner danebensitzenden Ex-Frau, die nichts sagte, wohl aber durch ihre Körpersprache deutliche Zufriedenheit signalisierte. Der Negativ-Einfluß gegenüber dem Vater kann nicht deutlicher sein – trotz mancher gegenteiligen Äußerung. Im Verlauf der folgenden zwei Stunden gelang es mir, die Situation zu entkrampfen und mit meinem Sohn zwanglos zu sprechen und zu spielen. Auch merkte ich seinem Verhalten an, daß ihm seine spontane Äußerung leid tat; er wollte eben nur seiner Mutter imponieren und sich ihrem Wunsch entsprechend äußern. Dies war das sechste Treffen mit meinem Sohn im Caritas-Haus; Herr R. hielt seine Vermittlertätigkeit für erfolgreich beendet. Ich dankte ihm mit einem Buchgeschenk und wollte dann das normale Umgangsrecht beim Oberlandesgericht beantragen, da ich dazu am Familiengericht des Amtsgerichts wenig Chancen sah. Mit Schreiben vom 10.09.97 stellte ich also den Antrag auf ein normales Umgangsrecht beim Oberlandesgericht, worauf mir am 15.09. der Eingang meines Antrags und die Aktennummer mitgeteilt wurde. Um zwischenzeitlich den Kontakt zu meinem Sohn nicht ganz zu verlieren, kam es dann noch zu Vater-Sohn-Treffen im Caritas-Haus am 06 10.97, am 27.10. und 01.12 97. Das Oberlandesgericht hatte inzwischen das zuständige Jugendamt eingeschaltet, welches sich an meine Ex-Frau und an mich wandte, um in diesem Amt ein Gespräch mit Herrn R. zu arrangieren. Dieses Gespräch kommt am 03.11.97 zustande, wobei zwei Vertreter des Jugendamtes und Herr R. durch überzeugendes Argumentieren erreichen, daß meine Ex-Frau einer Regelung zustimmt, wonach ich berechtigt bin, meinen Sohn ab 07.12.97 beginnend alle zwei Wochen in meinem Haus zu treffen, wozu ich ihn mit meinem PKW bei seiner Mutter abhole und ihn nach zwei Stunden dorthin zurückbringe. Diese Regelung gilt zunächst für die Monate Dez. 97 sowie Jan. und Febr. 98, jeweils zwei Stunden und zwar von 14.00 h bis 16.00 h., anschließend soll ein normales Umgangsrecht folgen. Um jede Unklarheit auszuschalten, wurden die Besuchstage festgelegt: 07.12. und 21.12.97, 04.01., 18.01., 01.02., 15.02. und 01.03.98. Zusätzlich wurde vereinbart, daß diese Regelung meinem Sohn am 24.11.97 im Caritas-Haus im

Beisein von Herrn R. von seinen Eltern als bindend erklärt wird. Dritte sollen bei den Treffen in meinem Haus nicht anwesend sein.

Am 24.11.97 erschien ich zur verabredeten Zeit im Caritas-Haus, wo ich Herrn R. antraf, der mir erklärte, daß meine Ex-Frau 10 Minuten vorher angerufen habe mit der Mitteilung, daß sie unserem Sohn von der Vereinbarung im Jugendamt in ihrer Wohnung ohne meine Anwesenheit und der des Herrn R. berichten werde. Konsequenter Weise erklärte sich Herr R. mit dieser Vorgehensweise nicht einverstanden und bestand – verabmachungsgemäß – darauf, daß die Information im Caritas-Haus unter seiner und meiner Anwesenheit dem Sohn gegenüber zu erfolgen habe. Meiner Ex-Frau wurde ein neuer Termin (01.12.97,14.30 h) für die Information meines Sohnes im Caritas-Haus genannt, den sie dann auch einhielt. Mein Sohn nahm diese Information zustimmend zur Kenntnis; er war wahrscheinlich schon vorinformiert. Ich schildere diese Vorkommnisse so ausführlich, um dem Leser zu verdeutlichen, wie schwierig und mühsam Vereinbarungen mit meiner Ex-Frau waren – was sicher für viele ähnlich gelagerte Fälle betroffener Väter gilt! Besonders bedauerlich dabei ist die Rolle der Kinder, die zwischen den divergierenden Interessen der Eltern aufgerieben werden können. Aber was sollen Väter in meiner Lage machen? Auf Kontakte mit dem eigenen Kind ganz verzichten, nur um es zu schonen? Das ist auch keine Lösung! Hier sind die Gerichte gefordert, dem nicht kooperationswilligen Elternteil Sanktionen bis hin zum Entzug des Sorgerechts anzudrohen. Der § 33 FGG (Familiengerichts-Gesetz) bietet die Möglichkeit dazu, obwohl er selten angewandt wird. Oft genügt schon der Hinweis auf diese Möglichkeit und der renitente Elternteil kommt zur Einsicht. Einen derartigen Hinweis konnte ich von meiner feministischen Familienrichterin natürlich nicht erwarten. Zu besonderem Dank bin ich jedoch dem Herrn R. von der Caritas verpflichtet, der dem Verhältnis zu meinem Sohn durch sein besonnenes aber konsequentes Verhalten einen unschätzbaren Dienst erwiesen hat!

Am 07.12.97 hole ich meinen Sohn nachmittags bei seiner Mutter mit meinem PKW ab und fahre mit ihm zu mir in mein Haus, wo er sich interessiert umschaut und alle Räume inspiziert – auch sein ehemaliges Kinderzimmer, wo noch alles so steht wie bei seiner Entführung, von der ich aber nicht spreche. Nach einer kleinen Erfrischung gehen wir in die Stadt und bummeln über den Weihnachtsmarkt, wo sich mein Sohn einen Stoff-Weihnachtsmann wünscht, den ich ihm dann schenke. Wir unterhalten uns ständig – über seine Schule, ich erzähle ihm von meinem Beruf und von meinen sportlichen Aktivitäten. Schließlich gehen wir zu meinem Haus zurück, steigen in mein Auto und ich liefere meinen Sohn wieder bei seiner Mutter ab, nachdem wir uns für den 21.12.97 wieder verabredet hatten. Das Treffen verlief – wie nicht anders zu erwarten – völlig problemlos, so daß ich dachte: Die Kuh ist endlich vom Eis! Am 21.12.97 ruft meine Ex-Frau mittags an und sagt das Treffen mit meinem Sohn ab; er sei erkältet. Ich wünschte ihm gute Besserung in der Hoffnung, daß es eine echte Erkältung war. Inzwischen hatte ich meinem Sohn ein Weihnachtsgeschenk gekauft: Ein Mikroskop mit mehreren Objektiven, vielen verschiedenen Präparaten und einem populärwissenschaftlichen Begleitbuch. Ich verpackte alles weihnachtlich und brachte es ihm am 23.12., wobei ich nur meine Ex-Schwiegermutter antraf und nur so ein frohes Fest und alles Gute für 1998 wünschen konnte. Eine Chance, meinen Sohn noch im alten Jahr zu treffen, gab es nicht. Auch nicht zu Weihnachten. Das nächste Treffen am 04.01.98 fand jedoch statt. Ich holte meinen Sohn wieder bei seiner Mutter ab und fuhr zunächst mit ihm zur Hochschule, wo ich ihm »mein« Maschinenlabor zeigte, welches ich in vielen Jahren aufgebaut hatte. Er zeigte sich sehr beeindruckt und ließ sich vieles erklären. Anschließend machten wir einen Spaziergang in einen Park, gingen in ein Cafe und aßen ein Eis. Dann brachte ich ihn zu seiner Mutter zurück. Wir plauderten ununterbrochen; es gab keine Probleme.

Beim letzten Treffen hatte ich meinen Sohn gefragt, ob er sich für den Bau eines Modellflugzeugs interessieren würde. Er bejahte lebhaft – und so kaufte ich einen Modellbausatz für ein flugfähiges Modell-Segelflugzeug. Am 18.01.98 holte ich meinen Sohn wieder ab und zeigte ihm bei mir zu Hause gleich den Bausatz, worauf die Freude groß war. Wir packten alles aus – viele Einzelteile und die Bau-Anleitung nebst Bauzeichnung, so daß wir mit den ersten Arbeiten beginnen konnten. Zunächst war ein großes Grundbrett erforderlich, welches ich noch in meinem Haus zur Verfügung hatte, auf dem dann der erste Aufbau erfolgte. Zwischendurch gab es ein Eis aus der Tiefkühltruhe zur Erfrischung, denn Arbeit muß belohnt werden! Zwei Stunden, die uns zur Verfügung standen, waren schnell vorbei und so brachte ich meinen Sohn bald wieder zurück. Das darauffolgende Treffen am 01.02.98 war wieder mit Basteleien am Modell ausgefüllt, wobei sich zeigte, daß wir nur langsam vorwärts kamen, da mein Sohn ja die Haupt-Arbeit tun sollte und von den zweistündigen Treffen nur etwa eine Stunde für das Handwerken blieb. Hin- und Rückfahrt, Plauderei über die letzten Wochen, den Anschluß an die letzten Handgriffe finden – das alles erforderte seine Zeit. Auch hatte sich eine Eis-Pause eingebürgert, die wir Zwei als recht angenehm empfanden. Zum Abschied gab es noch ein T-Shirt und das Treffen war wieder vorbei. Dafür, daß wir uns nur alle zwei Wochen trafen, war die Zeit eigentlich zu kurz, da wir doch immer wieder miteinander »warm« werden mußten. Dennoch wollte ich mit dem zunächst Erreichten zufrieden sein.

Wir trafen uns wieder am 15.02.98, bastelten wieder, machten aber auch – bei schönem Winterwetter – eine kleine Wanderung, damit es etwas Abwechslung gab. Mit meinem Sohn konnte ich mich fast wie mit einem Erwachsenen unterhalten, obwohl er doch erst knapp 10 Jahre alt war! Er erzählte viel von der Schule; das Thema Mama und Oma mied er – ich akzeptierte das natürlich!

Am 01.03.98 kam es zum nächsten zweistündigen Treffen mit meinem Sohn; auch dies verlief problemlos, was mir schon fast unheimlich vorkam. Es wurde gebastelt, Eis geschleckt und über die vergangenen zwei Wochen geplaudert. Mein Sohn war immer besonders stolz, wenn bei den vielen Arbeitsgängen mal wieder einer für die Fertigstellung des Flugmodells abgehakt werden konnte. Wenige Tage später hatte mein Sohn Geburtstag; ich brachte ihm ein Geschenk, was ich wieder nur seiner Oma abgeben konnte, da er persönlich nicht zu erreichen war. Natürlich schrieb ich ihm auch einen Geburtstagsbrief; es war der 25. Brief insgesamt. Auch am 15.03.98 trafen wir uns wieder für zwei Stunden, wobei die Arbeit am Flugmodell wieder im

Vordergrund stand, denn die ersten Flugversuche sollten doch irgendwann starten!

Da ich Ende 97 das Oberlandesgericht eingeschaltet hatte, um einen Gerichtstitel für ein normales Umgangsrecht zu erhalten, war daraufhin das Jugendamt wieder aktiv geworden und hatte meine Ex-Frau und mich angeschrieben. Es wurde bestätigt, daß vorerst zweistündige Treffen von mir mit meinem Sohn in meinem Haus alle zwei Wochen ohne Anwesenheit Dritter vereinbart worden waren. Dies sollte als Übergangslösung für ein normales Umgangsrecht gelten. Zusätzlich sollte in der Zeit Februar/März 98 noch einmal ein Gespräch mit meiner Ex-Frau und mir im Jugendamt stattfinden. Daraufhin schrieb mich das Oberlandesgericht an mit der Frage, ob sich mein Antrag auf Zuerkennung des normalen Umgangsrechts erledigt habe, was ich natürlich prompt verneinte, denn die im Jugendamt erreichte »Lösung« war nicht rechtsverbindlich und konnte von meiner Ex-Frau jederzeit gestoppt werden. Bereits am 23.04.92 hatte meine damalige Noch-Ehefrau hoch und heilig versprochen, Vater-Sohn-Kontakte bis spätestens Mitte 92 zu ermöglichen, was trotz intensiver Bemühungen meinerseits nicht zu Stande kam!

Die zweistündigen Treffen mit meinem Sohn alle zwei Wochen sollten zunächst in den Monaten Dez. 97 sowie Jan./Febr. 98 stattfinden und dann in ein normales Umgangsrecht übergehen, was im Jugendamt beschlossen und anschließend juristisch abgesichert werden sollte. Diese Besprechung fand am 25.03.98 im Jugendamt statt, wobei meine Ex-Frau ein normales Umgangsrecht ablehnte, da sie die Rolle von Vater und Mutter ausfüllen könne. Ich dagegen beantragte zum x-ten Mal das normale Umgangsrecht (ein gemeinsames Wochenende mit meinem Sohn alle zwei Wochen und einmal im Jahr einen gemeinsamen zweiwöchigen Urlaub). Viele Väter kennen die Schwierigkeit, dieses Umgangsrecht durchzusetzen, da sich alleinerziehende Mütter mit Händen und Füßen dagegen sträuben. Das Ergebnis dieses Gesprächs im Jugendamt wurde dem Oberlandesgericht mitgeteilt, welches beschloß meine Ex-Frau mit unserem Sohn, ihrem Anwalt und mich zum 30.06.98 vor Gericht zu laden, was mit einer doppelten 80 km-Fahrt verbunden war. Ich hatte gehofft, daß meinem Sohn eine derartige juristische Tortur erspart geblieben wäre, denn das Erscheinen vor einem hohen Gericht ist auch für einen sonst wortgewandten 10-Jährigen eine starke Belastung. Eine Entscheidung im schriftlichen Verfahren wäre mir lieber gewesen, denn die Bedingungen für ein normales Umgangsrecht waren eigentlich geklärt.

Um die Zeit bis zu Jahresmitte 98 nicht nutzlos verstreichen zu lassen, traf ich mich weiterhin alle zwei Wochen für jeweils zwei Stunden mit meinem Sohn. So auch am 29.03.98; bei schönstem Frühlingswetter machten wir eine Radtour zu einem etwa 5 km entfernten Ausflugslokal. Ursprünglich hatte ich die Absicht, meinen Sohn mit dem Fahrrad abzuholen und ihn dann mit seinem eigenen Rad radeln zu lassen, was jedoch nicht möglich war, da sein Rad nicht fahrbereit war. Meinen Vorschlag, das Rad zu reparieren, lehnte meine Ex-Frau ab. So bekam mein Sohn also eins meiner Räder, nachdem ich die Sattelhöhe auf ihn eingestellt hatte. Das Radeln machte uns viel Spaß; natürlich gab es auch wieder Eis, bevor wir zu mir zurückradelten und ich meinen Sohn mit dem PKW zu seiner Mutter brachte.

Am 13.04.98 (Ostermontag!) trafen wir uns wieder. Da das Wetter nicht so gut war, bastelten wir wieder am Modellflugzeug. Nach längerer Pause mußten wir uns wieder in die Arbeit hineinfinden, was aber gelang. Auch dieses Mal gab es wieder ein Eis – mein Sohn mahnte es immer dann an, wenn wir einen Arbeitsgang beendet hatten. Zum Abschied gab es noch einen Schokoladen-Osterhasen und ein Buch. Keine Probleme! – Das für den 27.04.98 geplante Treffen mit meinem Sohn sagte meine Ex-Frau mit der Begründung ab, unser Sohn sei erkältet.

Wenn ich nach mehreren Jahren die Treffen mit meinem Sohn gut rekonstruieren kann, so ist dies natürlich nur dadurch möglich, daß ich mir jeweils ausführliche Notizen machte, nachdem ich meinen Sohn zu seiner Mutter zurückgebracht hatte. Auch von anderen Begegnungen – z.B. im Gericht oder im Jugendamt – machte ich gleich nachher genaue Notizen. Wenn ich jetzt im Nachhinein die Ereignisse der damaligen Zeit Revue passieren lasse, dann frage ich mich, wie ich das durchgestanden habe. Nicht nur die Behinderungen in der Ausübung meines Berufes; am schlimmsten waren die Demütigungen, die mit den Bemühungen um und für meinen Sohn verbunden waren!

Nun, in der ersten Jahreshälfte 98 war die Situation um meinen Sohn einigermaßen erträglich, da wir uns mehrfach trafen – wenn auch jeweils nur für zwei Stunden und das auch nur vierzehntägig. Das Problem war die Kürze der Zeit und das unübersehbare Gegenwirken meiner Ex-Frau – auch wenn sie dies bestritt. Schlimm waren die beleidigenden Briefe des Anwalts meiner Ex-Frau!

Meinen Sohn holte ich am 10.05.98 wieder bei seiner Mutter ab, nachdem meine Ex Frau das für den 27.04. geplante Treffen abgesagt hatte. Um unser Modellflugzeug voranzubringen, wurde wieder fleißig gebastelt – mit der obligatorischen Eis-Unterbrechung. Es gab dann noch ein Sparschwein mit einer wertvollen Münze, bevor ich meinen Sohn wieder zurückbrachte. Auch dieses Treffen verlief problemlos.

Ein kleines Jubiläum gab es am 24.05.98: Es war das 20. Zusammentreffen mit meinem Sohn, wenn ich alle Begegnungen nach seiner Entführung aufaddiere. Es waren jeweils nur Kurz-Begegnungen, aber immerhin war es mir gelungen – trotz großen Aufwandes – den Kontakt nicht ganz abreißen zu lassen, so daß mein Sohn die Möglichkeit hatte, seinen Vater wenigstens flüchtig kennen zu lernen. Dieses letzte Treffen im Mai verlief wieder mit Arbeiten am Flugmodell, mir Eis-Schlecken und lockerer Plauderei; dann brachte ich ihn zurück.

Wir trafen uns wieder am 07.06.98 und bastelten weiter. Zur Abwechslung gingen wir in meinen Garten und spielten ein wenig Fußball; natürlich gab es anschließend Eis. Mein Sohn entdeckte auf meinem Schreibtisch einen »Luxus«-Kugelschreiber, den ich ihm schenkte, nachdem er sein Interesse überdeutlich bekundet hatte. Insgesamt wurde der Umgangston zwischen meinem Sohn und mir salopper, so daß ich darauf achten mußte, daß Mindest-Standards der Höflichkeit eingehalten wurden. Die Pubertät kündigte sich bei meinem Sohn an!

Als wir uns am 21.06. wieder trafen, war das Wetter zum Basteln zu schade; wir gingen deshalb in meinen Garten und spielten Federball, anschließend Fußball. Da im Fernsehen die Fußball-Übertragung

Deutschland-Jugoslawien lief, hatte mein Sohn den Wunsch, einiges davon zu sehen. Wir versorgten uns zunächst mit Eis, um uns dann dem Fernseh-Fußball hinzugeben. In der Unterhaltung wurde mein Sohn immer aufmüpfiger (»Du alter Sack«), worüber ich mich einerseits wegen seiner Ungezwungenheit freute, andererseits aber auch Grenzen setzen mußte – die er natürlich austesten wollte.

Am 30.06.98 war die mündliche Verhandlung vor dem Oberlandesgericht, angesetzt für 10.00 h. Ich fuhr mit den Bahn und war pünktlich vor dem Verhandlungsraum. Es wurde 10.25 h, bis meine Ex-Frau mit unserem Sohn und ihrem Anwalt erschien; der Richter hatte bereits mehrfach nach ihr gefragt und den Beginn der Verhandlung verschoben. Die Situation war so, wie ich sie befürchtet hatte: Mein Sohn wagte nicht, mich zu begrüßen. Er schien in den zurückliegenden Tagen einer besonderen Gehirnwäsche unterzogen worden zu sein. Ex-Frau, Sohn und Anwalt waren gemeinsam mit dem PKW des Anwalts gekommen und hatten für eine Atmosphäre gesorgt, in der es galt, die »Angriffe des bösen Vaters« abzuwehren. Mit dieser Situation war mein Sohn total überfordert; er wurde von einem Mitarbeiter des Gerichts in ein Kinderzimmer abgeführt, so daß die Verhandlung zwischen dem Richter, meiner Ex-Frau, ihrem Anwalt und mir begann. Neue Argumente wurden nicht ausgetauscht; meine Ex-Frau lehnte eine Ausweitung der Besuchskontakte ab – mit der Begründung, mein Sohn und ich seien noch nicht genug miteinander vertraut. Die bekannte Verwechslung von Ursache und Wirkung! Ich beantragte dagegen das normale Umgangsrecht, um das Verhältnis zu meinem Sohn zu vertiefen und um ihm zu verdeutlichen, daß die Kontakte mit seinem Vater vom Gericht positiv bewertet werden. Mein Sohn – der inzwischen in Tränen aufgelöst war – wurde anschließend hinzugezogen, auch vom Richter separat befragt, der auf eine Ausweitung der Besuchskontakte auf jeweils 4 Stunden hinsteuerte. Mein Sohn stimmte dem schließlich zu mit der Einschränkung, das könne dann alle 4 Wochen stattfinden. Er glaubte, damit die Loyalität zu seiner Mutter wahren zu können. Es blieb aber bei 4 Stunden alle 2 Wochen, wobei ich versicherte, dies flexibel unter Berücksichtigung der Wünsche meines Sohnes zu handhaben.

Die Verhandlung vor dem Oberlandesgericht hat dem Verhältnis zu meinem Sohn einen schweren Schaden zugefügt. Die Argumentation meiner Ex-Frau wurde bestätigt, nämlich die Behauptung, ein normales Umgangsrecht sei dem Kindeswohl abträglich. Außerdem konnte sie unserem Sohn in seiner Sprache erklären: Da siehst du, wie gefährlich dein Vater für dich ist! Nicht einmal das Oberlandesgericht traut sich, ihm ein normales Umgangsrecht zuzugestehen! – Dazu kam das unangenehme Erlebnis im Gericht selbst, welches ich meinem Sohn in seiner Vorstellung eingebrockt hatte.

Trotz allem trafen wir uns wieder am 05.07.98, wobei ich versuchte, das Erlebte aus dem Oberlandesgericht aufzuarbeiten. Ich merkte aber sofort, daß mein Sohn im oben beschriebenen Sinne festgelegt war. Die nahezu ausschließliche Einflußnahme meiner Ex-Frau konnte ich nicht kompensieren. Wir spazierten in der Nähe der Wohnung meiner Ex-Frau, wobei ich erklärte, daß wir weiterhin höflich und locker miteinander umgehen sollten; die Vater-Sohn-Zuneigung komme vielleicht später. Darauf fuhren wir zu einem Bolzplatz, spielten ein wenig Fußball miteinander, worauf es dann in mein Haus ging. Nach Basteln war uns diesmal nicht zu Mute, das Eis durfte jedoch nicht fehlen. Zum Schluß erbat sich mein Sohn noch Obstsaft, denn das kurze Bolzen mit dem Ball hatte uns durstig gemacht. So ging dieser Nachmittag doch noch friedlich zu Ende, obwohl mein Sohn die Erlebnisse im Oberlandesgericht noch lange nicht verkraftet hatte. Was sollte ich mit ihm machen, wenn die Angst vor mir immer wieder aufgefrischt wurde. Mein Sohn saß in einer Zwickmühle. In meiner Abwesenheit wurde das Mißtrauen gegen mich geschürt – in den Begegnungen mit mir hatte er nichts Negatives erlebt. Vielleicht siegt das Positive, dachte ich!

Am 17.07.98 holte ich meinen Sohn wieder ab; er gratuliert mir zum Geburtstag und schenkt mir eine Kopie seines letzten Zeugnisses, wofür ich mich freudig bedanke. Darauf wurde es höchste Zeit, wieder am Flugzeugmodell zu arbeiten, was wir dann auch für etwa eine Stunde taten. Die Ausdauer eines 10-jährigen Jungen ist nicht unbegrenzt! Anschließend gingen wir in die Stadt, wo wir bummelten und an einem Laden für Spielzeuge vorbeikamen. Mein Sohn interessierte sich dort für ein großes Kunststoff-Fantasie-Tier, welches er sich als Geschenk wünschte; ich muß sagen, daß ich es ihm ungern schenkte – in der Hoffnung, daß sich sein Geschmack im Laufe seines Lebens noch verbessern würde. Unser Treffen endete harmonisch.

Das Zeugnis meines Sohnes habe ich natürlich mit besonderem Interesse studiert. Seine Noten waren excelent; aus seiner Allgemein-Beurteilung konnte man allerdings einen gewissen Hang zur Eigenbrötelei herauslesen.

Da durch die Verhandlung vor dem Oberlandesgericht keine wesentliche formale Veränderung eingetreten war, traf ich mich mit meinem Sohn wieder vierzehntägig, wobei wir zeitlich flexibler waren: Mal waren wir 2 Stunden zusammen, mal 4 oder auch 3 Stunden. Wenn das Interesse meines Sohnes nachließ, brachte ich ihn zu seiner Mutter zurück. So auch am 04.08.98 (25. Treffen, also Jubiläum!) wobei wir wieder am Modellflugzeug bastelten – dieses Mal mit Obstsaft statt Eis! – anschließendes Fußballspielen auf einem Bolzplatz und Rückfahrt.

Am 16.08. gab es nur Bastelei am Modell (es sollte bald fertig werden!) und ein Eis. Gleiches am 30.08. allerdings Saft statt Eis. Nichts Besonderes. Auch über unser Treffen am 20.09. gibt es nichts Außergewöhnliches zu sagen; wir konzentrierten uns auf unser Flugzeug, denn der »Jungfernflug« sollte bald starten! Meine Ex-Frau und meine Ex-Schwiegermutter hatten wohl schon gelästert, wie mir mein Sohn erzählte.´

Im September 98 hatte ich einige Tage Urlaub in Griechenland gemacht; ich erzählte meinem Sohn davon und erwähnte, daß ich dabei auch fotografiert hätte. Bei unserem Treffen am 04.10. zeigte ich ihm einige Fotos, für die er sich sehr interessierte. Auf meine Frage, ob er auch mal mit mir in die Ferien fahren möchte, wußte er spontan keine Antwort. Nun, die Fertigstellung unseres Flugzeugs hatte zunächst Priorität, so daß weiter gewerkelt wurde – von einer Arbeitspause mit Obstsaft unterbrochen. Bei passablem Wetter machten wir dann noch eine kleine Wanderung, bei der mir mein Sohn von einigen Ferientagen in Kiel erzählte, wo er einen etwa gleichaltrigen Jungen kennen gelernt hatte, dessen Vater eine Fahrschule betrieb. Bei dem werde er später seinen Führerschein machen, versicherte er mir. Dann ging es zurück zu seiner Mutter.

Die 30. Begegnung mit meinem Sohn war dann am 25.10., wobei das Flugmodell wieder im Vordergrund stand. Für das Tragwerk mußten wir eine stabilisierende Spannvorrichtung bauen, damit – bei den Abmessungen – die Form erhalten blieb. So konnte das Verleimte aushärten.

Am 08.11. waren wir so weit, daß wir unser Flugobjekt lackieren konnten. Ein gewisser Stolz stand uns beiden wohl ins Gesicht geschrieben!

Nachdem meine Ex-Frau das für den 22.11. mit meinem Sohn geplante Treffen abgesagt hatte, trafen wir uns am 29.11. wieder. Wir gingen mit unserem Flugzeug in meinen Garten auf die Wiese, um mit dem Einfliegen zu beginnen, wozu wir kleine Bleigewichte benutzten, damit der richtige Gleitwinkel eingestellt werden konnte. Das Einfliegen machte meinem Sohn großen Spaß; erstellte sich recht geschickt an. Anschließend hatte er noch den Wunsch, etwas fernzusehen. Und so hockten wir dann noch einige Zeit vor dem Fernseher, bevor ich ihn zu seiner Mutter zurückbrachte. Da mir das Basteln am Flugzeug inzwischen einen zu großen Zeitanteil einzunehmen schien, schlug ich meinem Sohn am 13.12.98 eine etwas größere Wanderung vor, was er freudig akzeptierte. Wir fuhren also zunächst einige Kilometer, parkten unseren Wagen und wanderten los, auf einem Hauptweg zu einer Berghütte, die wir nach einer guten Stunde erreichten. Dort kehrten wir ein und genehmigten uns ein Stück Kuchen und ein Getränk. Es war gemütlich warm – aber wir wollten noch in der Helligkeit zu unserem Auto, so daß ich zum Aufbruch mahnte. Auf dem Rückweg machte mein Sohn den Vorschlag, den Hauptweg zu verlassen und auf Nebenwegen zum Wagen zurückzukehren. Ich stimmte zu, betonte aber, daß ich mich nicht 100-%-ig in dem weiten Gelände auskenne. Und so kam, was zu befürchten war: Wir verliefen uns und kehrten erst mit großer Verspätung in der beginnenden Dunkelheit zu unserem Auto zurück! Mein Sohn war inzwischen sehr müde und ließ sich mit einem tiefen Seufzer in die PKW-Polster fallen. Auf dem Rückweg kamen wir – wegen eines Weihnachtsmarktes in einer

Ortschaft – zunächst nicht weiter, so daß ich meinen Sohn erst spät abends bei seiner Mutter abliefern konnte. Das erste Treffen, welches man mit Fantasie als etwas abenteuerlich bezeichnen könnte. Da mein Sohn mit seiner Mutter und Oma wohl keine Wanderungen unternahm, war er körperlich wenig belastbar. Auch Sport war mehr oder weniger ein Fremdwort, obwohl er nicht untalentiert war. Er wurde auf diesem Gebiet eben nicht gefördert. Das zeigte sich auch daran, daß er bei unserer Wanderung unaufgefordert damit anfing, mich mit Schneebällen zu bewerfen, so daß eine kleine Schneeballschlacht daraus wurde.

Weit vor der Geburt unseres Sohnes bedurfte es fast immer langwieriger Diskussionen, bis ich meine damalige Ehefrau dazu bekam, mit mir eine Stunde zu joggen, zu schwimmen oder zu radeln. Mein Sohn schien bewegungsfreudiger zu sein, obwohl ich Bedenken hatte, ihm bei unserer ersten größeren Wanderung zuviel zugemutet zu haben!

Nach dem letzten Treffen in 98 war es an der Zeit, ein wenig Zwischenbilanz zu ziehen. In realistischer Einschätzung mußte ich mir eingestehen, daß mein Sohn wohl nicht mit großer Begeisterung zu unseren Treffen gekommen war – vielmehr motivierte ihn eine gewisse Neugier, da es bei mir immer wieder etwas Neues zu entdecken und zu erleben gab. Die Jahre nach seiner Entführung hatten ihn zu sehr auf seine Mutter geprägt, als daß dies emotional in den wenigen Stunden aufzuholen gewesen wäre. Dazu kam mein Bewegungsdrang, den er so von Mutter und Oma nicht kannte; es hatte sich bei ihm eine für junge Menschen atypische Bequemlichkeit eingeschlichen, die sich im Drang zum Fernseher zeigte. Ein Besuch bei mir war also meist unbequem, was eher störte. Schließlich zeigte mein Sohn eine Tendenz, allein bestimmen zu wollen, was man bei Einzelkindern häufig antrifft und was ihm wohl zu Hause bei Mutter und Oma durchging. Hier zeigt sich auch der typische Unterschied im Umgang von Vätern und Müttern mit ihren Kindern: Väter wollen in erster Linie eine Erziehung zur Lebenstüchtigkeit; Mütter gehen mit ihren Kindern so um, daß sie geliebt werden, wobei natürlich so manche Unart »übersehen« wird. Insofern war der Sohn bei Mutter und Oma der »Kleine Prinz«, was er bei mir nicht war. Mutter und Oma taten natürlich alles, um das Leben fern vom Vater so angenehm wie möglich einzurichten! Wenn mein Sohn und ich zusammentrafen, wurde zunächst der Verlauf der folgenden Stunden vorbesprochen, wobei mein Sohn immer häufiger allein bestimmen wollte. Auf meinen Vorschlag, abwechselnd ihn und mich bestimmen zu lassen, ging er nur sehr unwillig ein.

Zu meiner Freude bekam ich zum Weihnachtsfest 98 den ersten Brief von meinem Sohn. Der Text war von einem Drucker ausgedruckt – er hatte inzwischen einige Vorkenntnisse mit Rechner und Drucker – dazu hatte er aber einen stilisierten Weihnachtsbaum gemalt und ein Paßbild von sich geklebt. Natürlich habe auch ich ihm einen Weihnachtsbrief geschrieben, denn ein Treffen zum Fest ließ sich leider nicht einrichten.

Am 04.01.99 schreibt mir ein Richter des Oberlandesgerichts, ich möge über den Verlauf meiner Treffen mit meinem Sohn in der zweiten Jahreshälfte 98 berichten, was ich dann mit meinem Schreiben vom 08.01.99 tat. Ich nannte die 11 stattgefundenen Treffen, die ich im wesentlichen positiv bewertete, verschwieg aber auch nicht die Einschränkungen, die ich hier ja bereits beschrieben habe. Kopien dieses Schreibens gingen – wie immer! – an das Familiengericht und an den Bundesgerichtshof. Das erste Treffen mit meinem Sohn in 99 war am 10.01. Das Wetter war ganz passabel, so daß wieder eine Wanderung möglich war. Da mein Sohn seine Heimat nur wenig kannte, fuhren wir zunächst zu einem Parkplatz, von dem eine schöne Strecke in einen Bergwald führte, die schließlich an einem idyllisch gelegenen Brunnen vorbeiführte. Nach der Rückkehr zu unserem Auto gab ich ihm sein verspätetes Weihnachtsgeschenk und es ging zurück zu seiner Mutter. Zwischendurch erzählten wir uns, wie wir Weihnachten und Neujahr verbracht hatten.

Das 35. Treffen am 24.01.99 verlief ähnlich wie das Treffen zwei Wochen vorher, es war diesmal nur ein anderes Waldgebiet mit einer Berghütte und einer Vogelschutz-Hütte, an der eine Vogel-Uhr zu bestaunen war. Man konnte ablesen, wann welche Vogelart morgens mit dem Singen beginnt. Es verlief alles harmonisch zwischen uns. Am 07.02. holte ich meinen Sohn wieder ab; wegen des schlechten Wetters blieben wir in meinem Haus, wo ich vorschlug, wir könnten eine Partie Schach spielen. Da ihm das Spiel nicht vertraut war, erklärte ich ihm die Regeln, die er schnell begriff, so daß wir einige Partien spielten. Natürlich gab ich ihm während des Spiels immer wieder Tipps, so daß die Regeln eingehalten wurden und er keine taktischen Fehler beging. Nachher zeigte er mir noch eine Kopie seines letzten Zeugnisses, welches gute bis sehr gute Noten enthielt – mit Ausnahme der Sport-Note.

Während der Treffen mit meinem Sohn fiel mir zunehmend auf, daß er die Begegnungen mit mir quasi als Dienstleistungen an meiner Person betrachtete. Natürlich spiegelte dies den Einfluß von Mutter und Oma wieder, die ihm diese Begründung für die Vater-Sohn-Treffen vermittelt hatten. Es war nicht leicht, ihm klar zu machen, daß ich mich über unsere Treffen zwar freue, sie aber in erster Linie in seinem Interesse seien, da zur ganzheitlichen Entwicklung eines jungen Menschen die Einflüsse von Vater und Mutter gehören. Auch hatte ich Schwierigkeiten, ihm ein Mindestmaß an Höflichkeit im Umgang miteinander nahe zu bringen. So erklärte er mir auf meine Frage nach den Urlaubs-Postkarten, die ich ihm geschickt hatte, daß im offenen Kamin seines Onkels immer genügend Platz sei, um sie dort ungelesen hineinzuwerfen. Wahrscheinlich hatte er diese Äußerung auch schon gegenüber seiner Mutter gemacht – wohl wissend, daß er dafür Beifall erntet. Diese Einstellung machte mir insofern Sorge, als sich diese beleidigenden Äußerungen nicht auf eine Person – in diesem Fall also auf mich – begrenzen lassen, sondern zu einer ganz allgemeinen Lebensart führen. Dies deutlich zu machen, war Inhalt vieler Gespräche mit meinem Sohn. In Zukunft war ich mit dem Schreiben von Ansichtskarten etwas zurückhaltender; Briefe schrieb ich ihm aber nach wie vor.

Auch machte ich meinem Sohn klar, daß ich wegen starker beruflicher Beanspruchung und auch wegen meiner Situation als »Alleinversorger« nur über wenig Freizeit verfüge, von der ich ihm einen Teil schenken würde.

Der Geburtstag meines Sohnes stand bevor (11 Jahre!) und so hatte ich die Absicht, ihm einen technisch – naturwissenschaftlichen Experimentierkasten der renommierten Firma Kosmos zu schenken. Ich studierte den Katalog und machte meiner Ex-Frau 4 verschiedene Vorschläge: Elektronic Start, Elektronic XN 1000, Elektronic 2000 oder Elektro E 2000, jeweils für 10-14-Jährige. Ich kreuzte diese Vorschläge an und schickte ihr den Katalog mit einem Brief zu. Mutter und Sohn berieten wohl darüber und entschieden sich für den Chemie-Experimentierkasten. Eine typische Anti-Vater Entscheidung, die ich natürlich respektierte und meinem Sohn den Chemie-Kasten mit dem populärwissenschaftlichen Begleitbuch schenkte. Ich hatte noch versucht, ihm den Elektronic-Kasten schmackhaft zu machen, mit dem Hinweis, daß man damit einen Lügen-Detektor (über Haut-Widerstandsmessungen) bauen könne. Vergeblich!

Am 19.02.99 traf ich mich wieder mit meinem Sohn; wegen des schlechten Wetters hielten wir uns in meinem Haus auf und spielten »Mikado«, wobei ich meistens verlor. Mein »Gegner« hatte wohl oft mit Mutter und Oma trainiert. Dann schenkte ich meinem Sohn ein Buch über mathematische Tricks, wobei er (überraschender Weise) damit einverstanden war, daß ich ihm eine Widmung hinein schrieb. Schließlich bekam ich noch die Kopie seines letzten Zeugnisses zu sehen (gute bis sehr gute Noten – außer im Fach Sport) und ich brachte ihn zurück.

Der 05.03. war der Tag, an dem ich mit meinem Sohn in die Stadt ging und den Chemie-Experimentierkasten kaufte. Wir gingen damit zu mir zurück und begutachteten ihn. Experimente durften damit natürlich erst am Geburtstag und danach gemacht werden! Zusätzlich schenkte ich ihm ein aus dem Ski-Urlaub mitgebrachtes T-Shirt und es ging mit Chemie-Kasten und Shirt zu seiner Mutter zurück!

Am 21.03. holte ich meinen Sohn wieder bei seiner Mutter ab und stellte zu meinem Erstaunen fest, daß er seinen Chemie-Experimentierkasten wieder mitbrachte. Nach meinen Fragen gab er zögerlich zu, daß Mutter und Oma Bedenken hatten, Experimente in ihrem Haus wegen der zu erwartenden Geruchsbelästigungen zu erlauben. Es wurde also bei mir noch einmal ausgepackt und das Begleitbuch studiert. Experimente machten wir aber noch nicht!

Im März 99 lag ein besonders trauriger Tag: der 17., an dem 10 Jahre zuvor mein Sohn aus seinem Vaterhaus entführt wurde, worauf sich eine mehrjährige Kindesentziehung anschloß. Dieser Tag wird der dunkelste Tag in meinem Leben bleiben. Ich versuchte aber, nach vorn zu blicken und weiterhin Kontakt mit meinem Sohn zu haben. So traf ich mich mit ihm wieder am 04.04., es war Osterzeit und so war Ostereiersuchen angesagt. Wir hatten mehrere Hühner- und Schokoladeneier, die wir abwechselnd in meinem Haus versteckten. Jeder wußte natürlich, wo er »seine« Eier versteckt hatte; es durfte abwechselnd gesucht werden, wobei es mit »kalt« oder »heiß« Ansage eine gewisse Suchhilfe gab. Ich mußte meinem Sohn schließlich einen Punktsieg überlassen: Er hatte die meisten Eier gefunden, die natürlich als Belohnung zum Teil verspeist wurden. Dann brachte ich ihn zurück. Es war das 40. Treffen mit meinem Sohn.

Am 18.04.99 waren dann endlich die ersten Chemie-Experimente angesagt. Wir entschieden uns, diese in meinem Wintergarten durchzuführen – wegen der zu erwartenden Geruchsentwicklung. Das Begleitbuch war didaktisch hervorragend angelegt; ein fiktiver Professor Probenius begleitet die insgesamt 40 umfangreichen Experimente und erklärt die chemischen Zusammenhänge sehr verständlich, aber wissenschaftlich korrekt. Aus den beiliegenden Chemikalien sollte im ersten Versuch Milch aus Wasser »gezaubert« werden, was mit Hilfe von Calciumhydroxid natürlich leicht gelang. Dann wurden die Begriffe »alkalisch« und »sauer« eingeführt; entsprechende Substanzen konnte man durch einen Phenolphthalein-Test voneinander unterscheiden. An dieser Stelle erklärte ich meinem Sohn das Periodische System der Elemente, soweit er es in seinem Alter begreifen konnte. Er war interessiert! Ich will nun nicht alle 40 möglichen Experimente mit ihren über 250 Unter-Experimenten aufzählen; insgesamt haben wir in 1999 nur etwa 10 % »abgearbeitet«. Am 02.05. hatten wir herrliches Maiwetter und wanderten zu einer malerisch gelegenen Burg, wo wir uns eine Erfrischung genehmigten.

Am 16.05. war der Tag, an dem guter Leichtwind herrschte, so daß wir endlich unser Modellflugzeug fliegen lassen konnten. Vorher war noch eine kleine Reparatur fällig und dann ging's los! Wir hatten uns eine Wiese mit leichtem Gefälle in der Nähe der Wohnung meiner Ex-Frau ausgesucht, so daß das Flugzeug gut gleiten konnte. Es waren zwischendurch immer noch kleine Korrekturen mit Mini-Blei-gewichten erforderlich, aber dann segelte unser Flugobjekt vorzüglich, zunächst ca. 50 m, dann weiter. Auffällig war, daß ich meinen Sohn immer wieder auffordern mußte, das Flugzeug selbst zu starten – er meinte, er wolle lieber zuschauen und meine Starts bewerten, was er dann auch tat. Überhaupt schien er Freude daran zu haben, mich zu beurteilen! Schließlich startete er aber doch das Flugmodell mehr-mals, und das erfolgreich. Der 30.05. war ein Unglückstag! Ich holte meinen Sohn mit meinem PKW bei seiner Mutter ab und mußte kurz vor meinem Haus auf eine Kreisstraße einbiegen, hielt aber neben dem grasbewachsenen Randstreifen, um einen von links kommenden Wagen vorbeizulassen. Dieser Wagen geriet wegen der Straßenkrüm-mung auf den Randstreifen und drückte den linken Radkasten meines Wagens ein – nebst Scheinwerfer und Blinker. Glücklicherweise gab es nur Blechschaden – keine Verletzten! Mein Sohn war verständlicher Weise verängstigt, so daß die geplante Radtour ausfiel. Da mein Wagen nicht mehr verkehrstüchtig war, holte meine Ex-Frau unseren Sohn ab. Unser ohnehin labiles Verhältnis hatte zweifellos einen Knacks bekommen! Wegen einer Klassenfahrt und einiger Kindergeburtstage, zu denen mein Sohn eingeladen war, traf ich mich mit ihm erst wieder am 27.06.99. Am Flugmodell wurden kleine Reparaturen ausgeführt, dann spielten wir Mau-Mau, sein Lieblingsspiel.

Am 08.07.99 gab es wieder ein Treffen mit meinem Sohn. Wir wan-derten zu einem Wassersportverein, wo ich ihn für den Sport auf dem Wasser interessieren wollte – mit zunächst zweifelhaftem Erfolg. Wir wanderten zurück zu meinem Haus, spielten wieder Mau-Mau und verzehrten dazu Speiseeis.

Es folgten die Sommerferien 99, in denen sich leider kein Treffen mit meinem Sohn arrangieren ließ. Erst am 12.08. war das wieder möglich; wir hatten uns zu einem Besuch im Schwimmbad verab-redet, was denn auch klappte, so daß wir zum ersten Mal miteinan-der schwimmen konnten. Mich wunderte die seltsame Atemtechnik meines Sohnes, wodurch er nur relativ langsam vorwärts kam. Zwi-schendurch machten wir eine Schwimmpause, so daß ich ihn fragen konnte, wo er das Schwimmen geübt und gelernt hat. Ich erfuhr, daß ihn die Mutti mehrmals in ein anderes Schwimmbad zu einem Bademeister gefahren hat. Auf die Idee, dem gemeinsamen Sohn das Schwimmen durch den Vater beibringen zu lassen, ist sie wohl nicht gekommen! Typisch!

Für den 29.08. war eine Radtour geplant, die dann auch zustande kam. Wir radelten durch den Landkreis durch mehrere Ortschaften und kamen zu einer Eisdiele, die mein Sohn kannte und zielgenau ansteuerte. Natürlich gab es jeweils einen großen Eisbecher zur Belohnung! Unterwegs testete mein Sohn, ob er mich »abhängen« könne, was ihm natürlich letztlich nicht gelang. Ich ließ mich einige Male so ca. 50 m zurückfallen, so daß er glaubte, es geschafft zu haben. Dann fuhr ich wieder heran und das kurze Ausscheidungsrennen war beendet.

Am 12.09. war wieder Radfahren angesagt. Ich holte meinen Sohn mit dem Fahrrad ab und los ging es – wieder durch den Landkreis, diesmal auf anderen Wegen. Natürlich steuerten wir wieder eine Eisdiele an mit der obligatorischen Belohnung für uns beide. An einer Burgruine vorbei ging es dann zurück zu seiner Mutter.

Da mein Sohn inzwischen Tennisstunden nahm und an einem Turnier teilnehmen wollte, trafen wir uns erst wieder am 03.10. Ein Jubiläumstreffen, denn es war das Treffen Nr. 50! Es verlief unspektakulär, denn wir hatten uns zu einer Wanderung entschieden. Vorbei an Wiesen und Weiden, wo Pferde grasten, und wo wir versuchten, sie zu füttern, indem wir besonders saftige Grasbüschel abrissen, die die Pferde in ihrer Umzäunung nicht erreichen konnten. Mein Sohn hatte Angst, den Tieren das Gras zu reichen; er gab es mir mit der Angabe, welches Pferd das Gras zu bekommen habe. Nach etwa zwei Stunden brachte ich ihn zu seiner Mutter zurück. Inzwischen gingen meine juristischen Bemühungen weiter, meinem Sohn und mir ein normales Umgangsrecht zu verschaffen. Es ging mir damit nicht nur um eine Ausweitung der Besuchszeiten, sondern auch um die Feststellung, daß ich kein schlechterer Vater bin als andere Väter auch. Bisher konnte meine Ex-Frau immer damit argumentieren, daß meine angebliche Gefährlichkeit für unseren Sohn (welche Gefährlichkeit eigentlich???) die Gerichte daran gehindert hätten, mir ein ordentliches Umgangsrecht zuzugestehen. Dieses »Argument« hat natürlich auch meinen Sohn beeindruckt, obwohl er wußte, daß ich auf seine Wünsche und Vorstellungen so weit wie möglich immer eingegangen bin. Diese Situation ist natürlich insofern problematisch, als ihm eine unangemessene »Machtposition« zugefallen ist.

Am 06.07.99 hatte ich das Oberlandesgericht angeschrieben mit der Frage, ob eine Entscheidung in der Frage des normalen Umgangsrechts schon gefallen sei oder kurz bevorstehe. Die Antwort kam prompt: Am 12.08. schrieb ein Richter des OLG, daß eine von mir angestrebte Entscheidung noch nicht gefallen sei und vorerst auch nicht zu erwarten sei. Ein Schreiben des Anwalts meiner Ex-Frau werde abgewartet.

Dieses Schreiben liegt mir in kopierter Form vor; es listet die Treffen mit meinem Sohn in 99 auf, wobei der Anwalt in einigermaßen objektiver Form feststellt, daß die Treffen »im großen und ganzen befriedigend verlaufen seien«, mein Sohn jedoch an einer zeitlichen Ausweitung wenig Interesse zeige, Nun, dies ist leider zutreffend, wobei sich die Frage stellt, warum mein Sohn mit dem »Status quo« zufrieden ist. Dazu gibt es mehrere Antworten. Erstens ist mein Sohn ein äußerst konservativer Typ, der Veränderungen gleich welcher Art vermeiden möchte – was für einen jungen Menschen außergewöhnlich ist. Zweitens neigt er sehr zur Bequemlichkeit, die er in der Lebensgemeinschaft mit Mutter und Oma pflegen kann – wohingegen er bei mir immer wieder zu Aktivitäten ermutigt wurde. Drittens ist er in seiner alltäglichen Umgebung der »Kleine Prinz«, dem kaum etwas versagt wird und der seinen Willen so gut wie immer durchsetzt, was bei mir nicht immer möglich ist. Der vierte Grund ist wahrscheinlich der gravierendste und wird durch die Verhaltensforschung häufig beschrieben: Die Vermeidung der Vater-Sohn-Konkurrenz, wodurch sich der Sohn dieser anstrengenden persönlichkeitsbildenden Auseinandersetzung entzieht. In einer Familie muß sich der Sohn mit dem Vater auf möglichst vielen Gebieten messen, um ein lebenstüchtiger Mann zu werden. Dies ist oft ein schmerzhafter Prozeß, der aber nicht ausgeklammert werden sollte. Nicht umsonst ist die Versagerquote von Kindern alleinerziehender Mütter (und Väter, obwohl es die kaum gibt!) relativ hoch. Mein Sohn möchte sich diesem anstrengenden

Vater-Sohn-Prozeß entziehen und ohne Umweg die männliche »Nummer Eins« bei Mutter und Oma werden. Ein bequemer aber unnatürlicher Weg mit fragwürdigem Ausgang.

Bei den Begegnungen mit meinem Sohn hat es dieses Kräftemessen mit dem Vater verschiedentlich und ansatzweise gegeben. So beim Schachspiel oder anderen Spielen, beim Radfahren, Schwimmen usw. Dabei habe ich meinen Sohn immer mal wieder gewinnen lassen, obwohl er natürlich merkte, daß noch ein Leistungsunterschied vorhanden war – eine wichtige Erfahrung und Ansporn zugleich. Meine Ex-Frau dagegen behauptete, Vater und Mutter gleichzeitig sein zu können! Am 24.08.99 schrieb ich wieder dem Oberlandesgericht und mahnte eine Entscheidung in der Frage des Umgangsrechts an. Ich betonte, daß ein Warten auf einvernehmliche Regelungen der Beteiligten die Gerichte quasi überflüssig machen würde, es sei eine gerichtliche Entscheidung gefragt – ob ich sie in Verantwortung vor meinem Sohn voll ausschöpfen würde oder nicht, sei eine ganz andere Frage. Bisher hatte ich auf die Befindlichkeiten meines Sohnes immer Rücksicht genommen! Die Rück-Antwort vom 27.08. ignorierte diesen Sachverhalt. Es wurde unverständlicher Weise unterstellt, ich würde ausgeweitete Umgangskontakte mit meinem Sohn auch gegen dessen ausdrücklichen Willen durchsetzen, was durch mein bisheriges Verhalten überhaupt nicht gestützt wird!

Am 08.09. schrieb ich zurück (jeweils mit Kopien an das Familiengericht und den Bundesgerichtshof), daß ein bisheriges Taktieren ohne Erfolg war, auch Abstimmungen mit meiner Ex-Frau immer schwieriger wurden, so daß die Wiederherstellung des väterlichen Sorgerechts geboten sei, was ich damit beantragte. Das Oberlandesgericht war damit so sehr verunsichert, daß es erst am 29.12.99 zurückschrieb und mir mitteilte, daß für die Wiederherstellung des väterlichen Sorgerechts das Familiengericht zuständig sei.

Es gab also wieder zweistündige Treffen mit meinem Sohn, so am 17.10., wobei wir eine Wanderung zu einer Burg machten, dort ein Eis aßen und wieder zurückkehrten. Ich wunderte mich im Gespräch darüber, daß er diese Kurz-Begegnungen in Ordnung fand. Zu den Gründen habe ich mich ja schon geäußert.

Am 31.10. war wieder eine Wanderung angesagt. Es ging zu einem Bergwald. Unterwegs erzählte mir mein Sohn, daß er mit Klassenkameraden das Falten von Papier-Flugzeugen geübt habe. Er hatte etwas Papier mitgebracht, so daß wir fleißig falteten und auf einer Lichtung Flugübungen veranstalteten. Das Papier wurde anschließend natürlich wieder eingesammelt und landete in einem Abfallbehälter.

Das für den 14.11. vereinbarte Treffen war eine Kurz-Begegnung. Mein Sohn kam zwar aus der Wohnung seiner Mutter, erklärte mir aber, daß er für eine Mathe-Arbeit lernen müsse und auch sonst keine Lust habe, mit mir etwas zu unternehmen. Nach einem kurzen Gespräch fuhr ich unverrichteter Dinge wieder nach Hause.

Das Treffen am 28.11. dauerte dann doch etwas länger. Wir machten eine ausgedehnte Wanderung durch die Gemarkungen der benachbarten Ortschaften, gingen dann in ein Cafe, wo wir uns mit Kakao und Kuchen stärkten. Mir fiel auf, daß mein Sohn der Bedienung signalisierte, daß wir zahlen möchten – ohne auf meinen diesbezüglichen Vorschlag zu warten. Mit Mutter und Oma war das wohl so üblich. Am 11.12. war mein Sohn wieder bei mir; wir gingen zum Weihnachtsmarkt, wo wir bummelten und ich ihm ein Buch schenkte, welches in seiner Deutsch-Stunde besprochen worden war. Eine kitschige Kunststoff-Figur, für die er sich interessierte, kaufte ich ihm dagegen nicht. Dann gab es noch eine Tüte »Magenbrot« als Wegzehrung für den Heimweg, wobei mein Sohn darauf achtete, daß noch genug für Mutti und Oma übrig blieb.

Immerhin war es mir in 99 möglich, einen Teil des zweiten Weihnachtstages mit meinem Sohn zu verbringen. Ich bekam ein Buch geschenkt, worüber ich mich natürlich freute. Ich schenkte ihm eine nachtleuchtende Sternkarte mit Drehscheibe und Anleitungsheft, mit dessen Hilfe der Sternenhimmel für alle Jahreszeiten eingestellt werden konnte. Wir übten das Einstellen für die Weihnachtszeit sowie für seinen und meinen Geburtstag. Dann gab ich meinem Sohn noch ein Buch über Flugzeuge, einen Jugendkalender und einen Schokoladen-Weihnachtsmann. Natürlich wurde zwischendurch Weihnachtsgebäck verzehrt. Um davon ein wenig abzutrainieren, betätigte sich mein Sohn auf meinem Heimtrainer, der in meinem Hobbyraum steht. Zum

Schluß las ich ihm noch eine kurze Weihnachtsgeschichte vor, bevor es wieder zurück zu seiner Mutter ging. Ein harmonisches Treffen.

Am 09.01.2000 trafen wir uns wieder. Nach den üppigen Tagen der Weihnachtszeit war uns nach Bewegung zu Mute, so daß wir von der Wohnung meiner Ex-Frau ausgehend zu einem Ausflugslokal in einem Bergwald wanderten. Dort kehrten wir natürlich ein und stärkten uns mit Kakao und Kuchen. Dann ging es zurück.

In der zweiten Jahreshälfte 99 waren die juristischen Bemühungen um Umgangs- und Sorgerecht weitergegangen. Der Anwalt meiner Ex-Frau reichte mit Schreiben vom 10.12.99 einen Vorschlag ein, der auf den ersten Blick eine gewisse Verbesserung bedeuten konnte. Es ging dabei um eine zeitliche Ausweitung der Besuchskontakte mit meinem Sohn, wobei ich gehalten sei, seine Wünsche und Befindlichkeiten zu respektieren und darauf einzugehen. Da ich in den zurückliegenden Monaten immer danach gehandelt hatte, war dies nur eine Beschreibung des Ist-Zustandes und keine Verbesserung. Deshalb schrieb ich dem Oberlandesgericht am 22.12., daß ich nach wie vor der Überzeugung sei, daß nur die Wiederherstellung des väterlichen Sorgerechts den Umgang mit meinem Sohn voran bringen könne. Dabei könne es durchaus de facto beim bisherigen Ablauf der Treffen verbleiben – Vater und Sohn erhielten aber eine gerichtliche Entscheidung, nach der ein natürliches Miteinander bei freier Vereinbarung möglich wäre. Eine positive psychologische Wirkung, die in der verkorksten Situation Klarheit bringen würde.

Das Oberlandesgericht reagierte mit einem Schreiben vom 29.12.99 und teilte mit, daß für das Sorgerecht das Familiengericht zuständig sei. Um die Frage des Umgangsrechts zu klären, wurde für den 16.02.00 ein neuer Termin vor dem OLG angesetzt, was ich mit großer Sorge zur Kenntnis nahm – wußte ich doch, daß mein Sohn diese »Vorführungen vor Gericht« mit äußerster Ablehnung beantwortete. Auch hatte er seinen ersten Besuch vor dem Oberlandesgericht in denkbar schlechter Erinnerung. Nun, der Termin stand und so traf man sich am 16.02. wie vorgeschrieben vor den Schranken des Hohen Gerichts. Es kam zu einem Meinungsaustausch zwischen dem Anwalt meiner Ex-Frau und mir, wobei der Anwalt die bekannte Position meiner

Ex-Frau vertrat, die darin bestand, das bisherige Procedere der Besuchskontakte beizubehalten und eventuell zeitlich auszudehnen – ohne Änderung der juristischen Randbedingungen. Dagegen vertrat ich die Meinung, daß die Wiederherstellung des elterlichen Sorgerechts dem Sohn verdeutlichen würde, daß sein Vater kein Elternteil minderen Rechts sei und zu seiner Entwicklung wichtige Impulse beizutragen habe. Dabei würde ich selbstverständlich auf die Wünsche meines Sohnes Rücksicht nehmen – wie ich das bisher auch schon immer getan habe.

Mein Sohn wurde wieder separat befragt und antwortete in seiner konservativen Art, daß alles so bleiben solle wie bisher. Damit kam er natürlich auch den Vorstellungen seiner Mutter nach. Auf die tiefer liegenden Gründe bin ich ja bereits eingegangen. Insgesamt kann man sagen, daß die zweite Verhandlung vor dem Oberlandesgericht kein anderes Ergebnis gebracht hat als die erste am 30.06.98. Es lag allerdings mein schriftlicher Antrag vor, das Umgangsrecht zu normalisieren und in ein elterliches Sorgerecht übergehen zu lassen. Darauf gab es monatelang keine Reaktion, so daß ich am 16.06.00 das Oberlandesgericht anschrieb und um eine Entscheidung bat. Diese kam dann auch mit dem Beschluß vom 06.07.00. Ergebnis: Der bisherige Rechtstitel des Familiengerichts wird aufgehoben und mir ein jeweils fünfstündiges Umgangsrecht alle zwei Wochen mit meinem Sohn gewährt. Eine darüber hinausgehende Entscheidung wurde nicht getroffen.

Mit Schreiben vom 24.08.00 an das Oberlandesgericht kritisierte ich das Urteil als zu halbherzig; es verwechsle wieder Ursache und Wirkung. Nicht das Desinteresse meines Sohnes sei Ursache für ein eingeschränktes Umgangsrecht – vielmehr sei es genau umgekehrt: Das eingeschränkte Umgangsrecht verursache das Desinteresse meines Sohnes, da er so seinen Vater nicht richtig kennenlernen könne. Ein Kuriosum sei hier noch am Rande erwähnt: Am 10.08.00 stellt mir das Familiengericht eine Rechnung über 50,00 DM aus – für den Umgang mit meinem Sohn. Unglaublich!

Zwischenzeitlich waren die Treffen mit meinem Sohn weitergegangen. So am 23.01., wobei wir einige Partien Schach spielten. Für einen Spaziergang war er nicht zu begeistern. Meine Befürchtung war, daß er sich zu wenig im Freien bewegt. Also blieben wir im Haus, obwohl mich sein bestimmendes Wesen sehr nachdenklich machte. Bei Mutter und Oma ging das wohl immer so!

Am 06.02.00 kam es dann doch zu einer Wanderung; wir erreichten einen Reiterhof und beobachteten die Pferde in ihren Boxen, sahen sie auch bei der Hufpflege, wobei mein Sohn gehörigen Abstand hielt und jede Berührung vermied. Streicheln war völlig undenkbar! Wir waren etwa eine Stunde unterwegs, als mein Sohn auf die Idee kam, sich von seiner Mutter mit dem Auto abholen zu lassen. Er sei müde! Ich erklärte ihm, daß wir nicht einmal 5 km gegangen seien und mehr als die Hälfte des Weges schon zurückgelegt hätten. Er sei ein großer, kräftiger Junge und könne aus eigener Kraft weitergehen, was denn auch geschah. Mit Mutter und Oma wanderte er wohl nicht. Wir gingen dann noch über einen Flohmarkt, aßen ein Eis und ich lieferte ihn bei seiner Mutter ab.

Am 12.03.00 stand ein kleines Jubiläum an: Das 60. Treffen mit meinem Sohn. Ich hole ihn bei seiner Mutter ab und wandere mit ihm auf einen Berg, wo wir mehrere Radler treffen, die eine Tour unternehmen. Ich versuche – leider ohne Erfolg! – meinen Sohn für ähnliche Touren mit mir zu begeistern. Auch im Gespräch über den Verlauf der Verhandlung vor dem Oberlandesgericht gibt mein Sohn zu erkennen, daß er keine Änderungen im Ablauf unserer Treffen wünsche. Besonders körperliche Anstrengung scheint ihm ein Gräuel zu sein! Auch hat er gemerkt, daß sich alles um ihn dreht und er den beteiligten Erwachsenen seinen Willen aufdrücken kann. Erst als wir in einem Cafe vor unserem Kuchen und unserer Trinkschokolade sitzen, kehrt Zufriedenheit ein. Aktivitäten mit unserem Modellflugzeug und auch Experimente mit dem Chemie-Kasten möchte er vorerst nicht. Ich bringe ihn nach etwa zweieinhalb Stunden zu seiner Mutter zurück.

Am 26.03. hole ich meinen Sohn wieder zu einer Wanderung ab; wir gehen etwa eine halbe Stunde an einem Waldrand entlang und werden von einem Regenschauer überrascht. Schnell steigen wir auf einen in der Nähe stehenden überdachten Hochsitz und machen es uns dort bequem. Leider können wir kein Wild ausfindig machen, da es noch zu früh am Tag war. Mein Sohn wußte, daß Rehe und Wildschweine entweder morgens oder abends aus dem Dickicht kommen. Der Regen hört auf, wir wandern zurück, schlendern über einen Flohmarkt und diskutieren über den Verlauf des nächsten Treffens. Dabei mache ich den Vorschlag, wir sollten im Wechsel über das Wie und Wo unserer Treffen entscheiden, was mein Sohn prompt ablehnt. Er möchte allein entscheiden, wie er das wohl auch im Umgang mit Mama und Oma gewohnt war. Was sollte ich da machen??

Am 09.04. gab es das nächste Treffen mit meinem Sohn, wobei wieder gewandert wurde; wir streifen die Gemarkungen einiger Ortschaften, füttern weidende Pferde und holen uns unser obligatorisches Eis. Mein Sohn lehnt es nach wie vor ab, im Wechsel mit mir das zweiwöchig stattfindende Treffen zu gestalten. Er schöpft seine Einflußmöglichkeiten voll aus. Wie soll er sich später im Leben zurechtfinden?? Nach etwa zweieinhalb Stunden bringe ich ihn zu seiner Mutter zurück; die vom OLG eingeräumten 5 Stunden haben wir bisher nicht ausgeschöpft.

Beim Treffen am 30.04 gehe ich mit meinem Sohn zum sogenannten Stadtfest, wo wir an den Ständen vorbeischlendern und er sich für eine aus Draht geflochtene Figur an einem Kunstgewerbestand interessiert. Da sein Interesse wirklich groß ist, kaufe ich ihm dieses »Kunstwerk«. Wir bummeln zurück zu meinem Haus, genehmigen uns ein Eis und sehen, daß meine Ex-Frau gekommen ist, um unseren Sohn abzuholen. Leider war es mir nicht möglich, mit meinem Sohn ein Treffen in seinen Osterferien zu vereinbaren. Auch lehnt er es nach wie vor ab, abwechselnd mit mir über ein Ziel bei unseren Treffen zu bestimmen.

Trotzdem trafen wir uns wieder am 14.05. Ich hole meinen Sohn mit dem Fahrrad ab; wir radeln zu einem Hofgut, wo wir mit Erlaubnis den »Rittersaal« besichtigen dürfen. Dann ging es weiter zu einem Schloß, welches wir nur von außen ansehen durften, da es privat bewohnt ist. Ich erklärte kurz die Geschichte des Schlosses, bevor es dann zurück ging – natürlich zu einer Eisdiele, dem Lieblings-Aufenthaltsort meines Sohnes. Nach gut zwei Stunden liefere ich ihn bei seiner Mutter wieder ab. Am 02.06. bringt meine Ex-Frau unseren

Sohn zu mir; wir wandern an einem Flußufer entlang und schlecken unterwegs ein Eis; dann lassen wir uns in einem Biergarten nieder und nehmen Flüssiges zu uns, denn es war sehr warm. Es gab dort die Möglichkeit, ein Boot zu mieten und damit aufs Wasser zu gehen, was ich meinem Sohn vorschlug. Er lehnte ab. Nach gut zwei Stunden übergab ich ihn wieder seiner Mutter.

Pfingsten 2000 stand vor der Tür und so traf ich mich mit meinem Sohn am Pfingst-Montag, dem 12.06. Ich holte ihn ab, wir wanderten zu einer Wald-Lichtung, wo eine Grillhütte stand und ein sogenannter »Wäldchestag« gefeiert wurde. Es gab jede Menge Gebratenes, auch Eis und sonstige Süßigkeiten, dazu verschiedene Spielmöglichkeiten wie Torwandschießen usw. Wir aßen natürlich unser Eis; mein Sohn wollte sich jedoch nicht spielend betätigen. Auch fiel mir auf, daß ihn seine Klassenkameraden kaum beachteten, denen wir begegneten. Wir wanderten weiter zu einer Baustelle, auf der meine Ex-Frau ein Einfamilienhaus bauen ließ. Sie hatte diese Baustelle geerbt und wollte nun ihr Erspartes anlegen. Mein Sohn erklärt mir den Rohbau und zeigt die einzelnen Zimmer – natürlich auch sein eigenes. Ich zeige mich beeindruckt und wünsche gutes Gelingen. Im Gespräch versuchte ich, ihn für Rad- und Kanutouren zu begeistern – ohne Erfolg! Auch an unserem Modellflugzeug und dem Chemie-Experimentierkasten zeigt er kein Interesse mehr. Was das Mikroskop und die Präparate betrifft, kann ich aus ihm nur herausbekommen, daß ihm eins davon kaputtgegangen ist. Mein Versuch, wechselseitige Absprachen über unsere Treffen zu vereinbaren, scheitert kläglich. Mein Sohn genießt es, seinen praktisch rechtlosen Vater »vorzuführen«. Ich liefere ihn wieder bei seiner Mutter ab und frage mich, warum ich mir das alles antue. Andererseits wollte ich den Kontakt mit meinem Sohn – in seinem Interesse – nicht völlig aufgeben.

Am 25.06. radle ich zu meinem Sohn und will ihn zu einer Radtour abholen. Er hat keine Lust, möchte aber wohl zu einer nahegelegenen Kirmes gehen, was wir dann auch tun. Wir gingen weiter an einem Bachlauf entlang und passierten auf einer Feldgemarkung einen noch nicht ganz abgeernteten Kirschbaum. Wir pflückten einige Kirschen, die wir aus dem Stand greifen konnten, aßen sie und schnipsten uns gegenseitig die Kirschkerne zu. Dabei traf ein Kern den Jackenärmel meines Sohnes ohne ihn zu beschmutzen, worauf er völlig ausrastete und mich als Schwein und Sau beschimpfte. Ich weise ihn zurecht, worauf er wiederholt: »Du Schwein, du Sau!« Natürlich wollte er austesten, wie weit er gehen könne. Ich erkläre ihm sein unzumutbares Benehmen, worauf er sich zu einer halbherzigen Entschuldigung aufrafft. Ich akzeptiere, erkläre mich aber nicht mehr dazu bereit, zur Kirmes zurückzukehren, so daß das in Aussicht genommene Luftgewehrschießen mit anschließendem Magenbrotessen ausfällt. Nach insgesamt zweieinviertel Stunden liefere ich ihn wieder bei seiner Mutter ab.

Vor den Sommerferien besuchte mich mein Sohn am 09.07., er schenkt mir ein Stoff-Püppchen, was wohl eine Versöhnungsgeste sein sollte. Natürlich bedanke ich mich, schlage eine Wanderung zu einem Wassersportverein vor, wo es den »Tag der offenen Tür« gibt; mein Sohn akzeptiert. So begeben wir uns auf das Sportgelände mit dem bunten Treiben, wo man auch an Bootsfahrten in Groß-Kanadiern teilnehmen kann. Ich ermutige meinen Sohn, daran teilzunehmen, was er zu meinem Erstaunen auch tut. Das Boot wurde von einem erfahrenen Vereinstrainer gesteuert. Nach etwa einer halben Stunde ist er wieder an Land und scheint Spaß an diesem Wassersport gefunden zu haben. Er fragt mich, ob wir auch zu zweit aufs Wasser gehen können, denn er wußte, daß ich in meiner Jugend Kanusport betrieben habe. Nach kurzer Diskussion mit einem Trainer wird uns ein Zweier-Kanadier zur Verfügung gestellt und wir paddelten los. Ich hatte lange nicht mehr erlebt, daß meinem Sohn eine Aktivität eine derartige Freude bereitete. Nach etwa einer Stunde Wasserarbeit ging es wieder an Land; aus Begeisterung ermutigte mich mein Sohn, ein zweisitziges Kajak zu kaufen, damit wir häufiger miteinander paddeln könnten. Nach insgesamt zwei Stunden holt meine Ex-Frau unseren Sohn wieder ab.

Leider war es mir nicht möglich, mit meinem Sohn ein Treffen für die Sommerferien 2000 zu vereinbaren, so nutzte ich die Zeit, um ein zweisitziges Kajak zu kaufen. Um es unterstellen zu können, brauchte ich einen Bootsplatz im Bereich des Wassersportvereins, wozu ich wiederum Vereinsmitglied werden mußte. Kurz entschlossen meldete ich meinen Sohn und mich als Vereinsmitglieder an, so daß dem Wassersport eigentlich nichts mehr im Wege stand.

Am 06.08. meldete sich mein Sohn aus den Sommerferien zurück. Ich holte ihn mit meinem Fahrrad ab – er hatte mir gesagt, daß er ein neues Erwachsenen-Fahrrad geschenkt bekommen hatte, mit dem wir zu mir radeln wollten. Nach kurzer Inspektion seines Rades fiel mir auf, daß die Reifen zu wenig Luft hatten – was ich mit meiner normalen Fahrrad-Luftpumpe nicht beheben konnte. Das Rad meines Sohnes verfügte über keine Luftpumpe; die Ventile benötigten eine Spezial-Fuß-Luftpumpe, wie man sie auch für Autoreifen benutzt. Nun, eine derartige Pumpe hatte ich zu Hause, so daß wir gezwungen waren, äußerst vorsichtig zu mir zu radeln, um dann die Reifen des Rades meines Sohnes aufzupumpen – was schnell erledigt war. Wir waren nun wirklich fahrbereit und begaben uns zu »unserem« Boot, wobei sich die Begeisterung meines Sohnes sehr in Grenzen hielt. Sein momentanes Interesse galt seinem neuen Rad, so daß es noch nicht zu einer Bootsfahrt kam. Wir machten eine Radtour durch den nördlichen Landkreis, wobei ich versuchte, aus meinem Sohn etwas über seine Sommerferien herauszubekommen. Außer dem Hinweis, daß er mit Mama und Oma in der Nähe von Kiel gewesen war, konnte ich nichts erfahren. Während der Fahrt hatte mein Sohn Probleme mit der Gangschaltung seines Rades; auch ich konnte in der Kürze der Zeit die Mechanik nicht neu einstellen, so daß die Rückfahrt etwas beschwerlich war. Da es für das Rad noch eine Garantiezeit gab, empfahl ich meinem Sohn, die Gangschaltung beim Fahrradgeschäft von einem Mechaniker justieren zu lassen. Insgesamt hatte ich den Eindruck, daß sich meine Ex-Frau verkauft hatte, was ich meinem Sohn aber nicht so deutlich sagte. Nach etwa drei Stunden waren wir zurück bei seiner Mutter.

Am 27.08. gab es wieder ein kleines Jubiläum: Ich traf mich zum 70. Mal mit meinem Sohn. Der Leser wird sich vielleicht wundern, daß ich diese Treffen so pedantisch aufliste. Das hängt damit zusammen, daß mein Sohn – inzwischen zwölfjährig – natürlich wußte, daß man ihn in seinem Alter nicht mehr zu Treffen mit seinem Vater zwingen konnte, was ja auch nie beabsichtigt war und auch nie praktiziert wurde. Mein Sohn lebte mit Mama und Oma in einer Welt der Bequemlichkeit und der sportlichen Abstinenz, was seiner Bequemlichkeit sehr entgegen kam. Dem gegenüber neigte ich zu körperlichen Aktivitäten, was meinem Sohn nicht immer behagte und ihm nahe legen konnte, die Begegnungen mit mir ganz zu beenden. Trotzdem empfand ich meine sportlichen Anregungen für wichtig und wollte sie im wohlverstandenen Interesse meines Sohnes nicht einstellen.

So habe ich ihn wieder mit dem Rad abgeholt; es ging über mehrere Dörfer zu einer Kirmes, da er nicht mit dem Boot aufs Wasser wollte. Auf der Kirmes kaufte ich Magenbrot und Zuckerwatte, die wir uns schmecken ließen. Dann ging es zum Torwandschießen, an dem ich mich mit mittelmäßigem Erfolg beteiligte. Obwohl ich meinen Sohn mehrfach ermutige, will er nicht auf die Torwand schießen. Wir radeln zurück, werden aber von einem Regenschauer überrascht, so daß wir uns unterstellen müssen. Nach insgesamt etwa drei Stunden liefere ich meinen Sohn wieder bei seiner Mutter ab; er hatte peinlich genau darauf geachtet, daß auch für sie Magenbrot übriggeblieben war!

Nach längerer Pause gelang es mir, mich mit meinem Sohn am 01.10.00 zu treffen. Wir hatten schönes Herbstwetter – und so radelte ich zu ihm in der Hoffnung, eine Radtour machen zu können. Mein Sohn wollte jedoch nicht aufs Rad, war aber mit einer Wanderung einverstanden. Wir wanderten durch die herbstliche Landschaft, wobei ich ihm von meinem Frankreich-Urlaub erzählte. Er bestätigte auf meine Nachfrage, zwei Ansichtskarten von mir erhalten zu haben – bedankte sich aber nicht. Mein Sohn machte auf mich den Eindruck eines schlecht erzogenen Jungen. Trotzdem schenkte ich ihm als Mitbringsel ein Glas französischen Honig. Nach zwei Stunden lieferte ich ihn bei seiner Mutter ab.

Wir hatten einen ausgesprochen sonnigen Oktober – und so fuhr ich am 15.10. wieder mit dem Rad zu meinem Sohn; er lehnte wieder eine Radtour ab. Auch Aktivitäten mit unserem Modellflugzeug fand er nicht gut; eine Bootsfahrt war auch nicht sein Geschmack; Chemie-Experimente bei dem schönen Wetter erst recht nicht – und so kam es wieder zu einer Wanderung. Dieses Mal durch einen Wald zu einem Ausflugslokal, wo wir einkehrten, Bekannte trafen und uns mit Kuchen und Kakao stärkten. Ich wiederholte meinen Vorschlag, er könne im Wechsel mit mir über die Ausgestaltung unserer Treffen bestimmen – was er ablehnte. Er wollte allein bestimmen! Mein Sohn hatte ja die Erfahrung gemacht, daß die Gerichte ihm ein Quasi-Alleinbestimmungsrecht zuerkannt hatten. Auch hatte er sich im Umgang mit Mama und Oma daran gewöhnt, daß er bestimmte, wo es »lang« ging. Immerhin verbrachten wir etwa drei Stunden miteinander, bevor mein Sohn wieder bei seiner Mutter war. Am 29.10. hatten wir immer noch gutes Herbstwetter, so daß ich wieder mit dem Rad zu meinem Sohn fuhr. Auch dieses Mal stand ihm nicht der Sinn nach Radeln, so daß es nach kurzer Diskussion wenigstens zu einer knapp zweistündigen Wanderung kommt. Meine Idee, einen Herbstmarkt in einem Nachbarort zu besuchen, ließ sich nicht verwirklichen.

Das Wetter im November wurde zusehends ungemütlicher – und so fuhr ich am 19. 11. mit meinem Auto zu meinem Sohn, um ihn abzuholen. Da es leicht regnete, kam eine Wanderung nicht in Frage. Mein Sohn erschien vor dem Haus seiner Oma, wo er noch mit seiner Mutter wohnte, und zeigte wenig Neigung, mitzukommen. Nach einigen Minuten fruchtloser Diskussion sagte ich meinem Sohn, daß es wohl besser wäre, wir würden uns in zwei Wochen wiedersehen, um dann gemeinsam etwas zu unternehmen. Er stimmte zu und ich fuhr allein zurück. Es war Volkstrauertag! Um den Sonntag-Nachmittag nicht allein zu verbringen, verabredete ich mich mit Bekannten. Wenige Minuten später brachte meine Ex-Frau unseren Sohn, dem ich nun zu meinem Bedauern mitteilen mußte, daß ich meinen Nachmittag inzwischen vergeben habe. So fuhr er unverrichteter Dinge wieder mit seiner Mutter zurück – was mir sehr leid tat, aber nicht mehr zu ändern war. Immerhin hatte er aber die Erfahrung machen können, daß man mit seinen Eltern nicht beliebig herumspringen kann!

Im Jahr 2000 kam es dann nicht mehr zu einem Treffen mit meinem Sohn. Wir schrieben uns Weihnachtsgrüße und erwähnten ein Wiedersehen im neuen Jahrtausend, 2001. Am 07.01.01 rief ich meine Ex-Frau an und versuchte, ein Treffen mit unserem Sohn noch in seinen Weihnachtsferien zu vereinbaren – was mißlingt. Am 14.01. bekomme ich einen Anruf meiner Ex-Frau, wodurch sie mir mitteilt, daß mich unser Sohn vorerst nicht treffen möchte. Dem Geschlechterkampf scheint sich nun ein Generationskampf zu überlagern!

Trotzdem kommt es am 04.02.01 wieder zu einem Treffen mit meinem Sohn in meinem Haus; es ist das Treffen Nr. 75, also ein echtes Jubiläum! Nach langer Zeit wird der Chemie-Experimentierkasten wieder herausgeholt und wir bemühen uns, zu rekapitulieren, was wir bisher gemacht hatten.

Wir machen einige Experimente, bis unsere Konzentrationsfähigkeit nachläßt und sprechen dann über verschiedene Sportarten. Ich hole aus meinen Unterlagen einige Untersuchungen über die medizinische Beurteilung verschiedener Sportarten heraus und gebe sie meinem Sohn. Aus den Unterlagen geht hervor, daß Schwimmen und Radfahren besonders empfehlenswert sind; vor jeder Sportausübung sollte etwas Gymnastik betrieben werden. Ich ermutige ihn, regelmäßig Sport zu treiben, was mein Sohn kommentarlos zur Kenntnis nimmt. Ich bekomme dann überraschenden Besuch von einer Bekannten, die Kuchen mitbringt, wovon auch mein Sohn ein Stück ißt. Kurz darauf holt meine Ex-Frau unseren Sohn ab. Wir waren etwa zwei Stunden zusammen.

Nach mehreren vergeblichen Versuchen kommt es am 18.03.01 wieder zu einem Treffen mit meinem Sohn in meinem Haus, welches ja auch das Vaterhaus meines Sohnes ist. Wir holen wieder den Chemie-Experimentierkasten heraus und machen Experimente; wir staunen, daß wir höchstens 10 % der im Begleitbuch beschriebenen Versuche durchgeführt haben. Dann schenke ich meinem Sohn zu seinem wenige Tage zurückliegenden Geburtstag ein reich bebildertes Tier-Lexikon. Meinen Vorschlag, noch eine kleine Wanderung zu machen, lehnt mein Sohn ab. Nach etwa zwei Stunden holt ihn meine Ex-Frau ab. Beide beachten nicht die Entscheidung des Oberlandesgerichts, wonach Treffen von 5 Stunden vorgesehen sind. Mutter und Sohn hatten sich schon längst daran gewöhnt, sich ihre eigenen Gesetze zu machen.

In den darauffolgenden Wochen habe ich mehrfach versucht, ein weiteres Treffen mit meinem Sohn zu vereinbaren – vergeblich!

Wahrscheinlich haben Mutter und Sohn beschlossen, die Besuchskontakte auslaufen zu lassen, da mein Sohn inzwischen im 14. Lebensjahr war und irgendwelche Sanktionen (negative Konsequenzen) nicht zu befürchten waren. Meiner Ex-Frau waren die Vater-Sohn-Kontakte eh ein Dorn im Auge – und meinem Sohn waren sie zu anstrengend, zu unbequem. Insgesamt kann man sagen, daß zwischen Sohn, Mama und Oma eine Art von Geheimbund bestand, in den Außenstehende keinen Einblick hatten – auch ich nicht. Mein Sohn war durch die Kindesentführung vom 17.03.89 und durch die sich anschließende jahrelange Kindesentziehung extrem auf Mama und Oma geprägt.

Die Auskünfte, die ich von meiner Ex-Frau erhielt, waren stereotyp und sind sicher vielen Vätern bekannt: Mein Sohn hat keine Zeit und keine Lust; Fragen auf dem Anrufbeantworter werden nicht beantwortet. Am 11.08.01 rufe ich meine ehemalige Schwiegermutter an und erfahre die neue Adresse und Telefon-Nummer meiner Ex-Frau, die ich darauf anrufe und ihr auf ihrem Anrufbeantworter sage, daß ich mich mit unserem Sohn treffen möchte. Darauf kommt kein Rückruf.

Am 17.08 gelingt es mir, meine Ex-Frau am Telefon zu »erwischen«; es kommt zu einem Gespräch, wobei sie sagt, daß unser Sohn keine Zeit und Lust habe, sich mit mir zu treffen. Ob er sich für die inzwischen von mir geschriebenen Briefe und Karten bedanken möchte, wisse sie nicht. Trotz dieser Negativ-Haltung stoppte ich meine regelmäßigen Geldüberweisungen zunächst nicht.

Wahrheitsgemäß erwähne ich hier, daß mein Sohn bereits Ende 2000 damit begonnen hatte, mir Briefe zu schreiben – die zwar nicht handgeschrieben sondern über seinen Drucker gelaufen waren – aber immerhin! So bekam ich einen Brief vom 30. 11. mit Dank für meinen letzten Brief, mit einem Kurzbericht über seine Schule und guten Wünschen zum Weihnachtsfest sowie für das Jahr 2001.

Sein nächster Brief datiert vom 17.01.01, worin er von den starken schulischen Verpflichtungen schreibt und erwähnt, daß er regelmäßig am Tennistraining teilnimmt. Er macht den Vorschlag eines Treffens am 04.02. und will mir dann auch sein neues Zeugnis zeigen. Dieses Treffen fand dann ja auch statt; das Zeugnis war gut.

Im Juli 01 schickt mir mein Sohn eine selbstgemalte Gratulation zu meinem Geburtstag, worüber ich mich natürlich freue. Ich schreibe ihm einen Dankesbrief und ermutige ihn, mich zu besuchen. Unser letztes Treffen war ja am 18.03.! An die Entscheidung des Oberlandesgerichts (5-stündige Treffen alle zwei Wochen) fühlte er sich längst nicht mehr gebunden.

Am 18.08. schreibt mir mein Sohn wieder einen Brief, in dem er sich für meine Urlaubskarten bedankt, gleichzeitig aber wieder das Lied von der starken schulischen Beanspruchung anstimmt. Was er in seinen Sommerferien gemacht hat, erfahre ich nicht. Am 28.08. schreibe ich ihm zurück und wähle dabei die Form einer Satire, indem ich meine Alltags-Beanspruchung in übertriebener Weise darstelle. Schließlich ist mein Sohn kein kleines Kind mehr! Eine Antwort darauf erhalte ich nicht! Den September 01 nutze ich, um meinen Sohn daran zu erinnern, daß wir uns inzwischen ein halbes Jahr nicht gesehen haben. Ich schreibe ihm und fordere ihn auf, einen Termin für ein Treffen mit mir zu vereinbaren. Da ich keine Antwort erhalte, rufe ich meine Ex-Frau am 02.10.01 an und schlage ihr vor, mit unserem Sohn in seinen Herbstferien – bei schönem Wetter! – eine Kanutour zu machen. Schließlich hatte ich das Boot auf sein großes Interesse hin gekauft. Meine Ex-Frau will wegen der Kanu-Tour zurückrufen; der Rückruf bleibt jedoch aus!

Wegen der Schwierigkeit, meinen Sohn oder seine Mutter telefonisch zu erreichen, schrieb ich meiner Ex-Frau am 04.10. und wiederholte mein Angebot, welches ich 2 Tage vorher telefonisch gemacht hatte. Auch wies ich darauf hin, daß sie verpflichtet sei, unseren Sohn an die Einhaltung des Gerichtsbeschlusses zu ermahnen. Mir käme es darauf an, mich regelmäßig über die Entwicklung unseres Sohnes informieren zu können – ohne pedantisch die 5 Stunden und den Zweiwochen-Abstand einzuhalten, wie dies ja bisher auch geschehen sei. Null-Kontakt würde ich jedoch nicht akzeptieren! – Dieser Brief blieb unbeantwortet.

So gab es in 2001 kein Treffen mehr mit meinem Sohn; ich schrieb ihm am 20.12. einen Brief und wünschte ihm, seiner Mama und seiner Oma zum Weihnachtsfest und zum neuen Jahr alles Gute. Zu meiner Überraschung bekam ich am 27.12. einen großen Briefumschlag von der Post, abgeschickt von meinem Sohn mit selbstgebasteltem Inhalt: Ein Triptychon (dreiteiliger Altaraufsatz) aus schwarzer Pappe mit hinterklebtem Buntpapier. Über dieses Geschenk habe ich mich natürlich sehr gefreut und rufe ihn ganz spontan an, wobei ich ihn auch gleich erwische, mich bedanke und ihn zu einer kleinen Wanderung einlade. Leider lehnt er unter einem Vorwand ab, obwohl er Weihnachtsferien hat und das Wetter ganz passabel ist. Es blieb also bei dem letzten Treffen am 18.03.01.

Da inzwischen nur indirekte Kontakte brieflicher oder telefonischer Art möglich waren schrieb ich meiner Ex-Frau am 15.01.02 und wies sie auf ihre Verpflichtung hin, für die Einhaltung des Gerichtsbeschlusses regelmäßiger Vater-Sohn-Kontakte zu sorgen. Schließlich hatte sie sich das alleinige Sorgerecht erstritten! Auch dieser Brief blieb zunächst unbeantwortet. Statt dessen bekam ich am 28.02. einen handgeschriebenen Kurz-Brief meines Sohnes mit einer Kopie seines neuen, guten Zeugnisses. Er bedankt sich für meine Skiurlaubs-Karte und erwähnt noch, daß er mit einer Angina im Bett liegt.

Die brieflichen Kontakte gingen also weiter. So schrieb ich meinem Sohn am 06.03. zu seinem Geburtstag, gratulierte ihm und wünschte ihm ein Auskurieren seiner Angina. Dazu fügte ich noch die Ernährungstipps hinzu: Milch, Milchprodukte, Frischgemüse, Frischobst, Vollkornbrot, Säfte. Außerdem viel Bewegung an frischer Luft! Wichtig seien auch die sog. Antioxidantien wie die Vitamine C und E sowie das Beta-Karotin aus Karotten und Tomaten. Dann dankte ich noch für seinen letzten Brief.

Ostern 2002 stand vor der Tür und so schrieben wir uns wieder: Mein Sohn am 27.03, ich einen Tag später, so daß sich die Briefe »kreuzten«. Wir hatten uns inzwischen länger als ein Jahr nicht gesehen – und das bei 5 km Entfernung! Ich malte auf meinen Brief einen etwas verunglückten Osterhasen, mein Sohn beklebte sein Briefpapier mit ausgeschnittenen Osterblumen und sonstigen Aufklebern.

Der Leser mag fragen, warum wir uns nicht persönlich begegneten – bei immerhin freundlichem brieflichem Umgang. Nun, diese Frage kann ich selbst nicht zufriedenstellend beantworten. Wie ich mehrfach erwähnte, gab es mehrere Versuche meinerseits, Treffen mit meinem Sohn zu vereinbaren – die alle fehlschlugen. Einerseits war meine Ex-Frau eine Gegnerin von Vater-Sohn-Kontakten. Andererseits waren meinem Sohn die Begegnungen mit mir zu anstrengend, da ich immer wieder Bewegung im Freien anregte, ohne ihn zu überfordern. Ich wäre glücklich gewesen, in meiner Jugend einen derart bewegungsfreudigen Vater gehabt zu haben! Aber auch die Aktivitäten in meinem Haus (Basteln, Schach, Experimente) begeisterten ihn nur kurzzeitig, da er die vertraute Umgebung von Mama und Oma vermißte. Die ersten Lebensjahre ohne jegliche Kontakte mit seinem Vater wirkten eben nach!

Mein Sohn war inzwischen 14 Jahre alt und besuchte seit einigen Monaten die Konfirmandenstunden, wie er mal in einem seiner Briefe erwähnt hatte. Dazu muß ich sagen, daß meine damalige Ehefrau und ich nach der Geburt unseres Sohnes vereinbart hatten, ihn erst kurz vor seiner späteren möglichen Konfirmation taufen zu lassen, damit er selbst eine derartige Entscheidung treffen konnte. Diese Zeit war nun gekommen – und so versuchte ich telefonisch zu erfahren, ob Taufe und Konfirmation anstünden. Wegen Anrufbeantworter und ausbleibendem Rückruf entschloß ich mich, den zuständigen Pfarrer anzurufen, was ich dann am 10.05. tat. Natürlich landete ich wieder auf einem Anrufbeantworter, auf dem ich dann meine Frage nach Taufe und Konfirmation meines Sohnes sprach. Am 15.05. erhielt ich tatsächlich einen Rückruf von einer Pfarramtsmitarbeiterin, die mir mitteilte, daß mein Sohn im Februar 02 in einer Nachbargemeinde getauft wurde und dort wahrscheinlich auch im April konfirmiert worden sei. Darauf rief ich im Pfarramt der Nachbargemeinde an und erreichte dort eine Mitarbeiterin, die mir bestätigte, daß mein Sohn dort getauft und konfirmiert worden sei. Sie notierte sich meine Tel.-Nr. und zu meiner Überraschung rief einige Tage später die zuständige Pfarrerin an. Sie bestätigte, daß sie meinen Sohn getauft und konfirmiert habe. Meine Frage, ob sie meinen Sohn auch nach seinem Vater gefragt habe, verneinte sie. Das wäre bei einer Gruppe von Konfirmanden und Konfirmandinnen nicht möglich. Diese Antwort befremdete mich einigermaßen; ich erwähnte, daß ich meinen Sohn länger als ein Jahr nicht gesehen habe. Noch im selben Jahr schrieb ich der Pfarrerin einen Brief und versuchte, sie über die Probleme der von ihren Kindern getrennten Väter zu informieren. Und das bei Müttern, die einigermaßen regelmäßige Kirchgängerinnen sind. Reaktion? Fehlanzeige! – Ende Mai 2002 bekam ich dann einen Brief meines Sohnes mit aufgeklebtem Foto von seiner Konfirmation; auch bedankt er sich für meinen Osterbrief und berichtet dann von seiner Taufe und Konfirmation, wozu er noch ein Begleitheftchen hinzulegt. Mit guten Wünschen zum Pfingstfest endet dieser Brief.

Da ich das Verhalten meiner Ex-Frau im Zusammenhang mit Taufe und Konfirmation unseres Sohnes für unverantwortlich hielt, schrieb ich ihr am 28.05. einen Brief und kritisierte ihre Vorgehensweise der Ausklammerung meiner Person, was auf unseren Sohn eine zusätzliche Negativ-Wirkung haben müsse. Auch erwähnte ich das fünfte der zehn Gebote, welches davon spricht, daß man Vater und Mutter ehren solle – was ihr als regelmäßiger Kirchgängerin wohl bekannt sein dürfte!

Auch meinem Sohn schrieb ich, wobei ich mich für seinen Brief mit dem Foto bedankte und bedauerte, bei seiner Taufe und Konfirmation nicht eingeladen worden zu sein. Zunächst arrangierte ich mich mit dem Zustand, meinen Sohn nicht zu treffen – wenn ich mich damit auch nicht abfinden wollte. Schließlich wollte ich mich wenigstens in einigermaßen regelmäßigen Abständen über seine körperliche, geistige und psychische Entwicklung informieren.

Mitte Juli 02 bekam ich eine Gratulationskarte zu meinem Geburtstag – von meinem Sohn mit Aufklebern gestaltet und mit zusätzlichem Text von meiner Ex-Frau versehen. Möglicherweise sollte dies ein gewisses Bedauern über meine Brüskierung im Zusammenhang mit der Taufe und Konfirmation meines Sohnes ausdrücken. Es könnte aber auch ein Versuch sein, meine regelmäßigen Geldüberweisungen sicherzustellen. Immerhin gab es brieflichen Kontakt und so dankte ich meinem Sohn für die Geburtstagskarte, fügte aber hinzu, daß ich es für sehr bedenklich halte, daß er sich über das Urteil eines Oberlandesgerichts einfach hinwegsetzt. Natürlich wußte ich, daß er dazu von seiner Mutter aufgefordert wurde!

Auch während der Sommerferien 02 gab es keinen persönlichen Kontakt mit meinem Sohn; ich hatte ihn inzwischen 17 Monate nicht gesehen und schrieb noch im August meiner Ex-Frau, sie solle die Treffen ermöglichen und mir Einsicht in das letzte Zeugnis unseres Sohnes ermöglichen. Die Antwort war eine zugeschickte Kopie des Zeugnisses mit einer kurzen, gedruckten Begleitnotiz.

Wenn ich mir die Unterlagen der damaligen Zeit ansehe, dann wundere ich mich immer wieder über meine Engelsgeduld, mit der ich versucht habe, den Kontakt zu meinem Sohn herzustellen. Natürlich war meine Ex-Frau die Schlüsselfigur, die ihre Position voll auskostete. Ich schrieb ihr am 10.09. und bedankte mich für die Zeugniskopie; dann wies ich sie darauf hin, daß sie als allein Sorgeberechtigte dafür verantwortlich sei, daß es seit 18 Monaten keinen Vater-Sohn-Kontakt gegeben hat – obwohl das nach wie vor gültige Gerichtsurteil fünfstündige Treffen alle zwei Wochen festgelegt hat. Wenn ich auch nicht auf strikter Einhaltung dieses Urteils bestehe – unser Sohn war 14 Jahre alt – so möchte ich mich doch regelmäßig, etwa einmal monatlich, über seine Entwicklung informieren. Auch forderte ich sie auf, das Mandat ihres Anwalts zurückzugeben, denn seine Äußerungen waren meist beleidigender Natur, so daß ich seine letzten Briefe ungeöffnet zurückgehen ließ.

Da ich von meiner Ex-Frau keine Reaktion erhielt, schrieb ich am 18.09. das Oberlandesgericht an und berichtete, meinen Sohn seit 18 Monaten nicht gesehen zu haben. Dann bat ich um Bestätigung der Gültigkeit des Urteils vom 30.06.00, wonach ich das Recht habe, meinen Sohn alle zwei Wochen für je 5 Stunden zu treffen. Auch betonte ich, mich in den zurückliegenden Monaten mehrmals mündlich und schriftlich um Termine für Vater-Sohn-Treffen bemüht zu haben – leider vergeblich!

Das Oberlandesgericht informierte daraufhin das Familiengericht, welches mich anschrieb und mir mitteilte, daß das Urteil zu den Besuchskontakten selbstverständlich gültig sei. Die Regelung von fünfstündigen Treffen mit meinem Sohn alle zwei Wochen sei bis zu einer Änderung für alle Beteiligten bindend. Sollte es bei der Umsetzung des genannten Urteils zu Schwierigkeiten kommen, so sollte ich mich mit dem Jugendamt oder einer Beratungsstelle der freien Träger der Jugendhilfe in Verbindung setzen. Nach § 17 KJHG (Kinder- und Jugendhilfegesetz) stehe mir gegenüber der öffentlichen Jugendhilfe ein Anspruch auf Beratung und Unterstützung bei der Ausübung des Umgangsrechts mit meinem Sohn zu. Die Richterin schließt mit der Bemerkung, daß sie die Angelegenheit als erledigt betrachtet, wenn ich mich in den folgenden Wochen nicht mehr melde.

Um meinem Sohn zu ersparen, wieder durch die »psychologische Mangel« gedreht zu werden, schrieb ich meiner Ex-Frau am 12.11.02 einen Brief und legte eine Kopie des Familiengerichts-Briefes bei. Ich erwähnte, unseren Sohn 20 Monate nicht mehr gesehen zu haben und forderte sie auf, Vater-Sohn-Kontakte wieder möglich zu machen. Auch schlug ich eine einvernehmliche Lösung mit mir vor, um nicht wieder Entscheidungen von außen erforderlich zu machen. Dabei gab ich mich mit monatlichen Treffen ohne zeitliche Begrenzung zufrieden, wobei im Extremfall eine Viertelstunde ausreiche, um mich über den Entwicklungsstand meines Sohnes informieren zu können. Schließlich sah ich keinen Sinn darin, einen 14-jährigen Jungen zu zwingen, mit seinem Vater Zeit zu verbringen, dessen Lebenseinstellung ihm zu unbequem ist. Damit entgehen ihm zwar wichtige Entwicklungsimpulse – das konnte ich nun inzwischen auch nicht mehr ändern! Meine Möglichkeiten, gegenzusteuern, waren ausgereizt. Am Ende des Briefes gratulierte ich meiner Ex-Frau zum Geburtstag.

Auf diesen Brief gab es keine Antwort – und so schrieb ich am 18.12.02 wieder das Oberlandesgericht an. Ich betonte, daß das Urteil vom 28.06.00 (fünfstündige Treffen mit meinem Sohn alle zwei Wochen) von Mutter und Sohn nicht eingehalten werde und ich meinen Sohn zuletzt am 18.03.01 gesehen habe. Insbesondere bemängelte ich die pflaumenweiche Begründung des damaligen Urteils, aus dem man eine gewisse Beliebigkeit herauslesen konnte, so daß die Nichtbeachtung durch Mutter und Sohn nicht weiter verwunderlich ist. Mein Sohn hatte doch schon längst gemerkt, daß er mit Erwachsenen machen konnte, was er wollte. Wie sollte sich da eine gewisse Rechtstreue entwickeln können? Ich erwartete von Gerichten ein energisches Auftreten und eine deutlichere Sprache!

Am 23.12. schrieb das Oberlandesgericht zurück, daß für die Anordnung von Zwangsmitteln zur Durchsetzung der Entscheidung des Oberlandesgerichts zunächst das Amtsgericht zuständig sei. Mein Schreiben werde daher dem Amtsgericht zur weiteren Veranlassung zugesandt.

Um die Situation nicht weiter eskalieren zu lassen, schrieb ich meinem Sohn am 22. 12. einen Brief und wünschte ihm, seiner Mama und seiner Oma zum bevorstehenden Weihnachtsfest und zum Jahr 2003 alles Gute. Ich hoffte, daß er noch lebt und wohlauf ist. Da ich ihn im März 01 zuletzt gesehen hatte, wußte ich nichts über seine momentane Verfassung und bat den Herrgott, ihn zu behüten. Da er ohne Vater aufwachse, könne ich leider nicht mehr tun!

Auch mein Sohn unterschrieb eine gekaufte Weihnachtskarte, auf der sich meine Ex-Frau für meine Geburtstagswünsche bedankt und mir zum Weihnachtsfest und zum neuen Jahr alles Gute wünscht. Diese Karte hatte sich mit meinem Brief gekreuzt. Da sich meine Ex-Frau nicht zu einer Vereinbarung mit mir in Sachen Umgangsrecht bereit fand, schaltete sich das Familiengericht ein und schrieb mir am 13.01.03, daß ich zur Durchsetzung meines Umgangsrechts zwei Möglichkeiten habe:

1. Ein gerichtliches Vermittlungsverfahren nach § 52 a FGG (Familiengerichts-Gesetz) oder

2. Vollstreckungsmaßnahmen nach § 33 FGG (Familiengerichts-Gesetz).

Zweck des durch das Kindschaftsreformgesetz eingefügten Vermittlungsverfahrens nach § 52 a FGG ist es, einen durch Vollstreckungsmaßnahmen nach § 33 FGG erzwungenen Umgang und die damit für das Kind verbundenen Belastungen und/oder ein Abänderungsverfahren nach § 1696 BGB (Bürgerliches Gesetzbuch) zu vermeiden. Die Durchführung eines Vermittlungsverfahrens ist aber nicht Voraussetzung für Zwangsmaßnahmen nach § 33 FGG. Vielmehr kann der Umgangsberechtigte (hier also ich) wahlweise einen Antrag nach

§ 52 a FGG stellen oder sofort die Durchsetzung des Umgangsrechts mit Zwangsmitteln nach § 33 FGG betreiben.

Ich wurde aufgefordert, binnen 3 Wochen mitzuteilen, ob ich ein Vermittlungsverfahren gemäß § 52 a oder die Vollstreckung des Umgangsbeschlusses durch Androhung und Festsetzung von Zwangsgeld nach § 33 FGG beantrage. Natürlich habe ich mich mit meinem Schreiben vom 28.01.03 an das Familiengericht für das Vermittlungsverfahren entschieden. Ich betonte dabei, daß ich als Mindest-Kontakt zu meinem Sohn ein jeweils monatliches Treffen von mindestens 15 Minuten fordere, um mich über seine Verfassung informieren zu können. Auch soll er mir nach Ende des Schuljahres sein jeweils letztes Zeugnis zeigen. Diese Mindest-Forderungen habe ich meiner Ex-Frau bereits schriftlich und mündlich vorgetragen, wobei eine Ausdehnung dieser Mindest-Kontakte selbstverständlich jederzeit möglich sein sollte. Wichtig war mir jedoch, daß diese monatlichen Treffen die Gültigkeit des Urteils des Oberlandesgerichts vom 28.06.00 (fünfstündige Treffen mit meinem Sohn alle zwei Wochen) nicht aufheben sollten.

An dieser Stelle werden sich Väter (eventuell auch Mütter) fragen, wie das Verfahren der Vollstreckung des Umgangsbeschlusses nach § 33 FGG verlaufen würde. Dazu will ich hier Einzelheiten des Gesetzestextes aufführen.

§ 33 FGG: »Zwangsgeld, unmittelbarer Zwang«.

(1) 1. Ist jemandem durch eine Verfügung des Gerichts die Verpflichtung auferlegt, eine Handlung vorzunehmen, die ausschließlich von seinem Willen abhängt, oder eine Handlung zu unterlassen oder die Vornahme einer Handlung zu dulden, so kann ihn das Gericht, soweit sich nicht aus dem Gesetz ein anderes ergibt, zur Befolgung seiner Anordnung durch Festsetzung von Zwangsgeld anhalten. 2. Ist eine Person herauszugeben, kann das Gericht unabhängig von der Festsetzung eines Zwangsgeldes die Zwangshaft anordnen. 3. Bei Festsetzung des Zwangsmittels sind dem Beteiligten zugleich die Kosten des Verfahrens aufzuerlegen.

(2) 1. Soll eine Sache oder eine Person herausgegeben oder eine Sache vorgelegt werden oder ist eine Anordnung ohne Gewalt nicht durchzuführen, so kann auf Grund einer besonderen Verfügung des Gerichts unabhängig von den gemäß Absatz 1 festgesetzten Zwangsmitteln auch Gewalt gebraucht werden. 2. Eine Gewaltanwendung gegen ein Kind darf nicht zugelassen werden, wenn das Kind herausgegeben werden soll, um das Umgangsrecht auszuüben. 3. Der Vollstreckungsbeamte ist befugt, erforderlichenfalls die Unterstützung der polizeilichen Vollzugsorgane nachzusuchen. 4. Die Kosten fallen dem Verpflichteten zur Last. 5. Wird die Sache oder die Person nicht vorgefunden, so kann das Gericht den Verpflichteten anhalten, eine eidesstattliche Versicherung über ihren Verbleib abzugeben. 6. Der § 883 Abs. 2 bis 4 der § 900 Abs. 1 und die §§ 901, 902, 904 bis 910, 913 der Zivilprozeßordnung sind entsprechend anzuwenden.

(3) 1. Das Zwangsgeld (Absatz 1) muß, bevor es festgesetzt wird, angedroht werden. 2. Das einzelne Zwangsgeld darf den Betrag von fünfundzwanzigtausend Euro nicht übersteigen. 3. Die Festsetzung der Zwangshaft (Absatz 1) soll angedroht werden, wenn nicht die Durchsetzung der gerichtlichen Anordnung besonders eilbedürftig ist oder die Befürchtung besteht, daß die Vollziehung der Haft vereitelt wird. 4. Die besondere Eilbedürftigkeit ist namentlich dann anzunehmen, wenn andernfalls die Anordnung im Ausland vollstreckt werden müßte. 5. Für den Vollzug der Haft gelten die §§ 904 bis 906, 908 bis 910, 913 der Zivilprozeßordnung entsprechend. 6. Die besondere Verfügung (Absatz 2) soll in der Regel, bevor sie erlassen wird, angedroht werden.

Änderungen: Abs. 2 Satz 2 eingefügt mit Wirkung vom 1. Juli 1998 durch Art. 8 Ziffer 1 des Gesetzes zur Reform des Kindschaftsrechts (Kindschaftsrechtsreformgesetz-KindRG) vom 16. Dezember 1997, BGBl. I Seite 2942.

Abs. 3 geändert durch den am 1. Januar 1999 in Kraft getretenen Artikel 2 Nr. 3 der 2. Zwangsvollstreckungsnovelle vom 17.12.1997, BGBl. I Seite 3039.

Abs. 3 Satz 2 geändert durch den am 1.1.2002 in Kraft getretenen

Art. 6 des siebten Gesetzes zur Änderung der Pfändungsfreigrenzen vom 13. Dezember 2001, BGBl. I S. 3638.

Völlig anders läuft natürlich das Vermittlungsverfahren nach § 52 a FGG.

§ 52a FGG: »Vermittlungstermin«.

(1) Macht ein Elternteil geltend, daß der andere Elternteil die Durchführung einer gerichtlichen Verfügung über den Umgang mit dem gemeinschaftlichen Kind vereitelt oder erschwert, so vermittelt das Familiengericht auf Antrag eines Elternteils zwischen den Eltern. Das Gericht kann die Vermittlung ablehnen, wenn bereits ein Vermittlungsverfahren oder eine anschließende außergerichtliche Beratung erfolglos geblieben ist.

(2) Das Gericht hat die Eltern alsbald zu einem Vermittlungstermin zu laden. Zu diesem Termin soll das Gericht das persönliche Erscheinen der Eltern anordnen. In der Ladung weist das Gericht auf die möglichen Rechtsfolgen eines erfolglosen Vermittlungsverfahrens nach Absatz 5 hin. In geeigneten Fällen bittet das Gericht das Jugendamt um Teilnahme an dem Termin.

(3) In dem Termin erörtert das Gericht mit den Eltern, welche Folgen das Unterbleiben des Umgangs für das Wohl des Kindes haben kann. Es weist auf die Rechtsfolgen hin, die sich aus einer Vereitelung oder Erschwerung des Umgangs ergeben können, insbesondere auf die Möglichkeiten der Durchsetzung mit Zwangsmitteln oder der Einschränkung und des Entzugs der Sorge nach § 33 unter den Voraussetzungen der §§ 1666, 1671 und 1696 des Bürgerlichen Gesetzbuchs. Es weist die Eltern auf die bestehenden Möglichkeiten der Beratung durch die Beratungsstellen und -dienste der Träger der Jugendhilfe hin.

(4) Das Gericht soll darauf hinwirken, daß die Eltern Einvernehmen über die Ausübung des Umgangs erzielen. Das Ergebnis der Vermittlung ist im Protokoll festzuhalten. Soweit die Eltern Einvernehmen über eine von der gerichtlichen Verfügung abweichende Regelung des Umgangs erzielen und diese dem Wohl des

Kindes nicht widerspricht, ist die Umgangsregelung als Vergleich zu protokollieren; dieser tritt an die Stelle der bisherigen gerichtlichen Verfügung. Wird ein Einvernehmen nicht erzielt, sind die Streitpunkte im Protokoll festzuhalten.

(5) Wird weder eine einvernehmliche Regelung des Umgangs noch Einvernehmen über eine nachfolgende Inanspruchnahme außergerichtlicher Beratung erreicht oder erscheint mindestens ein Elternteil in dem Vermittlungstermin nicht, so stellt das Gericht durch nicht anfechtbaren Beschluß fest, daß das Vermittlungsverfahren erfolglos geblieben ist. In diesem Fall prüft das Gericht, ob Zwangsmittel ergriffen, Änderungen der Umgangsregelung vorgenommen oder Maßnahmen in Bezug auf die Sorge ergriffen werden sollen. Wird ein entsprechendes Verfahren von Amts wegen oder auf einen binnen eines Monats gestellten Antrag eines Elternteils eingeleitet, so werden die Kosten des Vermittlungsverfahrens als Teil der Kosten des anschließenden Verfahrens behandelt.

Änderungen:
Eingefügt mit Wirkung vom 1. Juli 1998 durch Art. 8 Ziffer 11 des Gesetzes zur Reform des Kindschaftsrechts (Kindschaftsrechtsreformgesetz-KindRG) vom 16. Dezember 1997, BGBl. I Seite 2942.

Abs. 5 Satz 3 geändert durch den am 1.7.1998 in Kraft getretenen Art. 4 des Gesetzes zur Neuordnung des Eheschließungsrechts (Eheschließungsrechtsgesetz-EheschlRG) vom 4. Mai 1998 BGBl. I Seite 833.

Von Bedeutung bei Umgangsproblemen ist weiterhin der § 1696 BGB: Abänderung und Überprüfung gerichtlicher Anordnungen.

(1) Das Vormundschaftsgericht und das Familiengericht haben ihre Anordnungen zu ändern, wenn dies aus triftigen, das Wohl des Kindes nachhaltig berührenden Gründen angezeigt ist

(2) Maßnahmen nach den §§ 1666 bis 1667 sind aufzuheben, wenn eine Gefahr für das Wohl des Kindes nicht mehr besteht.

(3) Lange dauernde Maßnahmen nach den §§ 1666 bis 1667 hat das Gericht in angemessenen Zeitabständen zu überprüfen

Nachdem ich mich mit meinem Schreiben vom 28.01.03 für die Durchführung eines Vermittlungsverfahrens entschieden hatte, wurde dafür ein Termin auf den 14.03.03 im Familiengericht festgelegt. Vorher äußerte sich noch der Anwalt meiner Ex-Frau zu dem Verfahren mit Schreiben vom 06.02.03. Er teilte mit, daß mein Sohn an Treffen mit mir nicht interessiert sei.

Vor der Verhandlung am 14.03.03 hatte mein Sohn Geburtstag und wurde 15 Jahre alt. Ich schrieb ihm einen Geburtstagsbrief und bedauerte, daß wir uns wegen der großen Entfernung von 5 km inzwischen zwei Jahre nicht mehr gesehen hatten. Darauf schrieb mein Sohn am 09.03. einen freundlichen Dankesbrief und legte eine Kopie seines letzten, guten Zeugnisses dazu. Auf dem Brief befand sich ein über ein Nebenprogramm ausgedruckter Osterhase, wie mein Sohn überhaupt Rechner und Drucker als seine Hauptspielzeuge entdeckt zu haben schien.

Die mündliche Verhandlung am 14.03. fand ohne meinen Sohn statt; ich erklärte mich damit einverstanden, daß ich ihn einmal monatlich für mindestens 15 Minuten treffe, um mich über seine körperliche, geistige und psychische Verfassung zu informieren – ohne Abänderung des OLG-Urteils vom 28.06.00 (fünfstündige Treffen alle zwei Wochen). Außerdem bestand ich darauf, sein jeweils letztes Zeugnis einsehen zu dürfen.

Meine Ex-Frau erklärte, daß sie gegen Vater-Sohn-Kontakte nichts einzuwenden habe, dem gemeinsamen Sohn jedoch überlassen würde, ob er seinen Vater treffen wolle oder nicht. Diese Äußerung mag man positiv werten, wenn nicht immer wieder deutliche Indizien dafür zu beobachten waren, daß sie den gemeinsamen Sohn massiv gegen mich beeinflußte. So hatte meine Ex-Frau zur mündlichen Verhandlung zahlreiche Bücher mitgebracht, die ich meinem Sohn in den zurückliegenden Jahren geschenkt hatte. Es waren wertvolle, reich bebilderte Jugendbücher über Tiere und Pflanzen, auch über die unbelebte Natur. Nun hatte ich erwartet, daß sie den Inhalt dieser Bücher kritisieren würde – denn ein Lob wäre ein Wunder gewesen! Nun, da es an den Buchinhalten nichts zu kritisieren gab, bemängelte sie die Tatsache, daß das Ersterscheinungsdatum einiger Bücher (die selbstverständlich alle neu waren) bereits einige wenige Jahre zurücklag. Man kann sich gut vorstellen, wie viel Fantasie sie aufgewandt hat, um selbst die besten Geschenke und Aktivitäten, die von mir ausgingen, dem gemeinsamen Sohn madig zu machen. Schlimm war auch, daß die Familienrichterin meine Ex-Frau wegen deren Entgleisung nicht rügte. Bei dieser Szene kam mir in Erinnerung, daß mir mein Sohn mehrmals die Annahme eines Buchgeschenks verweigert hatte, weil ich eine kleine Widmung hineingeschrieben hatte. Ich überklebte dann die Widmung und schenkte dann das Buch einem Kind in der Nachbarschaft. Da ich Buchgeschenke immer mit besonderer Sorgfalt auswählte, erinnere ich mich noch an zwei abgelehnte Geschenke, die mir besonders am Herzen lagen. Das erste Buch beschrieb die Kindheit von Wolfgang Amadeus und Nannerl Mozart und war mit vielen detailgetreuen Bildern illustriert. Das zweite Buch war ein Bären-Buch, welches in Wort und Bild alle Bärenarten beschrieb, von der Geburt bis ins hohe Bärenalter, durch alle Jahreszeiten. Beide Bücher schenkte ich einem Mädchen in der Nachbarschaft, das sich noch heute gut daran erinnern kann.

Zurück zur Gerichtsverhandlung. Das Ergebnis war, daß eine Einigung der Eltern über den Umgang des Vaters mit dem gemeinsamen Sohn nicht zustande kam. Das Urteil des Oberlandesgerichts vom 28.06.00 war weiterhin in Kraft, wurde jedoch von Mutter und Sohn nicht respektiert. Auch meinen Minimal-Vorschlag von 15-minütigen Treffen einmal monatlich lehnte meine Ex-Frau ab. Damit war das Vermittlungsverfahren erfolglos geblieben. Nun gab es noch die Möglichkeit eines nachfolgenden Verfahrens nach § 33 FGG (Zwangsgeld, eventuell Zwangshaft), sofern dieses Verfahren binnen eines Monats nach Bekanntgabe des Urteils im Vermittlungsverfahren durch Antragstellung eines Elternteils eingeleitet wird. Die Familienrichterin erklärte, daß sie nicht die Absicht habe, dieses Zwangsverfahren von Amts wegen einzuleiten, was nicht verwundert!

Es lag also an mir, ob es zu einem Zwangsverfahren nach § 33 FGG kommen würde. Wie in vielen ähnlich gelagerten Fällen war sich meine Ex-Frau wohl auch sicher, daß ich diesen Schritt nicht gehen würde. Wie bereits 1993, als ich den Strafantrag wegen Kindesentziehung wieder zurückgezogen hatte, als es ernst für sie wurde. In den meisten Männern steckt eine Hemmschwelle, eine Frau anzugreifen; früher nannte man dies Ritterlichkeit. Ich will nicht leugnen, daß diese Haltung im Zuge der zunehmenden Emanzipation (oft ist es bereits eine Privilegierung der Frau) zurückgegangen ist. Jedenfalls hatte ich nicht die Absicht, dieses Zwangsmittel zu beantragen, zumal mein Sohn inzwischen 15 Jahre alt war und Gerichte dazu neigen, junge Menschen im Alter über 14 Jahren (oft auch schon über 12 Jahren) nicht zu zwingen, regelmäßigen Umgang mit dem getrennten Elternteil zu haben. Dies hängt auch mit der Religionsmündigkeit der Kinder zusammen, die mit Vollendung des 12. Lebensjahres bereits das Recht haben, aus einer Kirchengemeinschaft auszutreten. Selbstverständlich können sie auch nicht gezwungen werden, an kirchlichen Veranstaltungen (z.B. Religionsunterricht) teilzunehmen. Dem gegenüber steht natürlich die Verpflichtung des allein sorgeberechtigten Elternteils, auf das Kind in Richtung Einhaltung des Umgangsrechts einzuwirken, was bei meiner Ex-Frau mehr als zweifelhaft war – obwohl sie behauptete, den gemeinsamen Sohn zum Besuch des Vaters ermutigt zu haben. Erlebnisse in den zurückliegenden Jahren lassen eher das Gegenteil vermuten.

Um das Oberlandesgericht über den Verlauf der mündlichen Verhandlung vor dem Familiengericht zu unterrichten, schrieb ich am 10.04.03 einen Brief und teilte das Mißlingen des Vermittlungsverfahrens mit. Ich wies darauf hin, daß ich unter Beibehaltung der Gültigkeit des OLG-Urteils vom 28.06.00 (fünfstündige Treffen alle zwei Wochen) zunächst mit monatlichen Vater-Sohn-Begegnungen für jeweils mindestens 15 Minuten einverstanden war, dem meine Ex-Frau nicht zustimmte. Danach hatte ich keine Möglichkeit, mich über die Entwicklung meines Sohnes zu informieren, zumal ich ihn am 18.03.01 zuletzt gesehen hatte. Ich belegte auch, daß ich zwischenzeitlich viele Versuche unternommen hatte, meinen Sohn zu treffen – wohingegen meine Ex-Frau in keinem Einzelfall glaubhaft machen konnte, den gemeinsamen Sohn zum Besuch des Vaters aufgefordert zu haben. Auch kritisierte ich das Verhalten der Familienrichterin, die meine Ex-Frau keineswegs auf ihre Verpflichtung zur positiven Mitwirkung hingewiesen hatte.

Unabhängig von den unerfreulichen juristischen Begleiterscheinungen gingen die freundschaftlichen Briefkontakte zwischen meinem Sohn und mir weiter. So schrieb ich ihm zum Osterfest 03 und bedankte mich für seinen Brief vom 09.03. wobei ich ihm auch zu seinem guten Zeugnis gratulierte. Mein Sohn hatte sich daran gewöhnt, Vereinbarungen Erwachsener (auch von Richtern, was natürlich ganz bedenklich ist) zu ignorieren und sich so zu verhalten, wie es ihm am bequemsten war. Die beteiligten Gerichte waren an dieser Haltung nicht schuldlos, hatten sie doch in den Begründungen zu ihren Urteilen deutlich durchblicken lassen, daß sich mein Sohn im Grunde so verhalten könne, wie es ihm beliebt. Natürlich nahm er die Gerichte inzwischen nicht mehr ernst.

Am 15.04. schrieb mir mein Sohn einen ausführlichen Brief und bedauerte, daß es in seinen Osterferien nicht zu einem Treffen mit mir gekommen sei. Er habe auch in den Ferien für die Schule gearbeitet und werde mich demnächst wieder besuchen. Zum Schluß druckte er wieder einen Osterhasen aus der Kollektion seiner Clip-Arts aus – Handgemaltes gibt es bei den heutigen Jugendlichen kaum noch!

Da das Oberlandesgericht auf meinen Brief vom 10.04 nicht reagierte, schrieb ich dieses höchste Landesgericht am 18.05. erneut an. Ich gab meiner Verwunderung Ausdruck, daß man sich offensichtlich mit der Nichtbeachtung seines Urteils vom 28.06.00 durch meine Ex-Frau und meinen Sohn zufrieden gebe. Ich wies darauf hin, daß ich meinen Sohn seit 26 Monaten nicht gesehen hatte und fragte an, ob die Absicht bestehe, Vollstreckungsmaßnahmen nach § 33 FGG von Amts wegen anzuordnen und durchzuführen, da meine Ex-Frau und mein Sohn nicht einmal andeutungsweise zu erkennen geben, sich an das genannte Urteil halten zu wollen. Abgesehen von der Tatsache, daß sich mein Sohn in frühester Jugend daran gewöhnt, Gerichtsurteile beliebig ignorieren zu können, sei es auch nach allgemein anerkannter Rechtsauffassung unzumutbar, einen unterhaltspflichtigen, unbescholtenen und engagierten Vater regelmäßig Unterhalt zahlen zu lassen, ohne daß er die Möglichkeit hat, sein Kind regelmäßig zu sehen und zu sprechen. Schließlich wies ich darauf hin, daß ich mich zunächst mit monatlichen Vater-Sohn-Treffen von mindestens je 15 Minuten zufrieden geben würde.

Das Oberlandesgericht reagierte mit einem Brief vom 22.05 und teilte mit, daß mein Brief vom 10.04. nicht mehr auffindbar sei, mein nachfolgender Brief vom 18.05. aber vorliege und deshalb die betreffende Akte vom Familiengericht angefordert worden sei. Es wurde jedoch darauf hingewiesen, daß das frühere Verfahren abgeschlossen sei und für neue Anträge das Oberlandesgericht als Rechtsmittelgericht nicht mehr zuständig sei. Man werde jedoch nach Vorliegen der angeforderten Akten auf die Angelegenheit zurückkommen.

Dieses Zurückkommen geschah mit einem Schreiben vom 02.06.03, wobei das OLG peinlich vermied, auf meine Fragen und Anregungen einzugehen. Man zog sich auf eine formaljuristische Position zurück und teilte nochmals mit, daß das Verfahren vor dem Oberlandesgericht beendet ist. Die Akten würden daher an das Familiengericht zurückgesandt.

Obwohl ich keine Hoffnung hatte, das Ausbleiben von Vater-Sohn-Kontakten auf juristischem Wege zu beenden, schrieb ich am 18.09.03 das Oberlandesgericht noch einmal an und stellte zwei Fragen.

1. Was gedenken Sie zu tun, um der offensichtlichen Mißachtung Ihres Urteils vom 28,.06.00 entgegenzuwirken?

2. Wie beurteilen Sie die Auswirkung dieser Mißachtung auf die Rechtstreue eines heranwachsenden Jugendlichen? Mein Sohn ist im 16. Lebensjahr!

Dem letzten Schreiben des OLG war zu entnehmen, daß die Unterlagen zu meinem Rechtsersuchen zwischen dem Oberlandesgericht und dem Familiengericht hin und hergeschickt wurden, weil sich ganz offensichtlich niemand dieses Rechtsfalles annehmen wollte. Die Bemerkung, daß das Verfahren abgeschlossen sei, war die Umschreibung einer Rechtsverweigerung zum Nachteil von Vater und Sohn. Ein Urteil ohne erkennbare Absicht, es durchzusetzen, ist für alle Beteiligten wertlos, ja schädlich.

Auf diesen Brief bekam ich eine Antwort vom 23.09. in der mir wiederholt mitgeteilt wurde, daß zur Durchsetzung der Entscheidung des Senats die Anwendung von § 33 FGG (Anordnung/Festsetzung eines Zwangsgeldes) in Betracht kommt. Für diese Maßnahmen sei jedoch zunächst das Familiengericht zuständig, mit dem ich mich in Verbindung setzen müsse.

Nun, an dem Punkt war ich schon mal. Da ich den Antrag auf Durchführung von möglichen Zwangsmitteln nicht stellen wollte, die Gerichte aber auch nicht, waren die juristischen Verfahren ausgeschöpft und die entsprechende Korrespondenz beendet. Man könnte sagen: Keiner wollte sich die Finger schmutzig machen. Der Unterschied war jedoch, daß ich mein Verhältnis zu Ex-Frau und Sohn schwer belastet hätte.

Da mir die Gerichte nicht zu Kontakten mit meinem Sohn verhelfen konnten oder wollten, gab es zukünftig nur Briefverkehr, um die zwischen uns liegenden 5 km zu überbrücken. So schickte mir mein Sohn im Juli 03 zu meinem Geburtstag eine CD und eine Falt-Karte über mein Geburtsjahr, außerdem bekam ich noch eine Kopie seines letzten guten Zeugnisses. Ich will nun hier nicht alle Briefe erwähnen, die zwischen uns hin und her gingen – seinen Brief vom 27.08. will ich doch hervorheben, da er handgeschrieben war, was in der heutigen Zeit für einen Fünfzehnjährigen eine Besonderheit darstellt. Mein Sohn wollte damit wohl ein Zeichen gewisser Zuneigung setzen, da er wußte, daß ich Handgeschriebenes besonders schätze.

Bis Mitte 2004 tauschten wir so etwa 10 Briefe aus, wobei mein Sohn immer wieder seine starke Beanspruchung in und für die Schule betonte. Natürlich war das eine Ausrede; das bequeme Leben mit Mama und Oma – quasi als »Kleiner Prinz« ohne körperliche Anstrengung – war ihm zur Gewohnheit geworden. Nun könnte der Leser den Eindruck haben, ich hätte meinen Sohn bei den Treffen bis zum 18.03.01 körperlich überfordert, was bei weitem nicht der Fall war! Unsere Radtouren gingen jeweils nur über wenige km in langsamem Tempo und ohne Steigungen – um ein Beispiel zu nennen. Dazu ist zu sagen daß mein Sohn ein durchaus gesunder, kräftiger Junge war – und wahrscheinlich auch noch ist. Seine Bequemlichkeit war das Haupt-Hindernis für sportliche Aktivitäten – und die fehlende Motivation durch Mama und Oma. Leider war daher auch seine Sport-Note im Zeugnis eher unterdurchschnittlich – im Vergleich zu seinen sonstigen Noten, was eigentlich nicht nötig war. Als Vertreter der Lebensphilosophie »mens sana in corpore sano« (gesunder Geist in gesundem Körper) hatte ich immer versucht, meinen Sohn gesamtheitlich zu beeinflussen. So schickte ich ihm am 30.07.04 die Kopie eines Aufsatzes des Prof. Manfred Wegner mit dem Titel: »Die Väter und der Familiensport«. Der Sportpsychologe vertritt dabei die Überzeugung, daß Jungen und Mädchen eine stabile Vaterfigur brauchen, damit sie sich optimal entwickeln können.

Bei der Durchsicht der Briefe meines Sohnes fällt mir immer wieder auf, daß er nahezu ausschließlich von seiner Schule berichtet. Auf meine Fragen und Anregungen geht er nicht ein, so daß man von einem echten Briefwechsel eigentlich nicht sprechen kann. Dies ist ein deutliches Zeichen von Verdrängung, da er sich der Trennung von seinem Vater (noch?) nicht stellen will.

Noch aus anderen Gründen bedaure ich das Ausbleiben jeglicher persönlicher Kontakte mit meinem Sohn seit dem 18.03.01. Da ist zunächst das flugfähige Modellflugzeug, welches ich mit meinem Sohn gebaut hatte und was nun in meinem Hobby-Keller vor sich hinstaubt. Daneben liegt der Chemie-Experimentierkasten, den sich mein Sohn gewünscht hatte und der praktisch unbenutzt ist. Von dem Mikroskop samt Präparaten und Begleitbuch konnte ich nur erfahren, daß meinem Sohn ein Präparat kaputtgegangen ist, was immerhin darauf schließen läßt, daß er sich damit beschäftigt hat. Ganz besonders traurig bin ich darüber, daß ich das zweisitzige Kanu nicht mit meinem Sohn benutzen kann, obwohl ich es ihm zuliebe angeschafft habe. Dies sind alles verpaßte Möglichkeiten, die nie wiederkehren!

Im März 2005 waren 4 Jahre vergangen, in denen ich meinen Sohn nicht gesehen und gesprochen hatte, obwohl ich ihn brieflich immer wieder ermutigte, mich zu besuchen. Die Briefwechsel gingen in der gewohnten Form weiter zum Osterfest, zu den Geburtstagen, zum Pfingstfest, zu Weihnachten und zu Neujahr. Der Weihnachtsbrief meines Sohnes fiel 2005 ganz besonders ausführlich aus! Dann kommen wir ins Jahr 2006, in dem ich diese Zeilen schreibe und in dem mein Sohn seine Briefe wie gewohnt schreibt, volljährig wird und mich fünf Jahre nicht gesehen hat. Ich hoffe, daß nicht weitere fünf Jahre vergehen, bis ich ihn wiedersehe!

9. Die Rolle des »Weißen Rings«.

Wie ich bereits beschrieben habe, versuchte ich nach der Entführung meines Sohnes in 1989 Kontakt mit ihm zu bekommen, was nach vielen juristischen Bemühungen erst in 1994 gelang. Da meine geschiedene Ehefrau für Vater-Sohn-Begegnungen die Anwesenheit einer Vermittlungsperson zur Bedingung machte, schlug ich den Bezirksvertreter des »Weißen Rings« vor, zumal ich diese Organisation der Unterstützung von Kriminalitätsopfern bereits seit vielen Jahren finanziell gefördert hatte. Mir wurde dann nach einem telefonischen Kontakt mit der Zentrale der Name und die Adresse des bereits mehrfach genannten Herrn F. V. aus einer Landkreisgemeinde genannt, mit dem meine Ex-Frau auch einverstanden war. Herr F. V. erklärte sich bereit, zwischen meiner Ex-Frau und mir zu vermitteln und die ersten Begegnungen mit meinem Sohn in seinem Haus bzw. auf seinem Grundstück stattfinden zu lassen, was denn auch geschah. Ich wußte damals jedoch nicht, daß es vor den Begegnungen mit meinem Sohn bereits private Kontakte zwischen Herrn F. V. und meiner Ex Frau gegeben hatte, durch die es ihr gelungen war, Herrn F. V. als Beschützer vor dem »bösen Vater« des gemeinsamen Kindes aufzubauen. Was an mir »böse« sei, das wird wohl ihr Geheimnis bleiben, denn durch Jugendamt und Gerichte war mir mehrfach bestätigt worden, daß ich ein fürsorglicher Vater war, dem nichts Negatives vorzuwerfen sei. Jedenfalls fühlte sich Herr F. V. in seiner Beschützerrolle besonders wohl und spielte diese Rolle voll aus – sehr zum Schaden meiner Beziehung zu meinem Sohn, so daß ich die Kontakte über Herrn F. V. Anfang 1995 beendete. Zum Schluß war Herr F. V. nur noch an Treffen mit meiner Ex-Frau interessiert und versuchte, mich von meiner geschiedenen Ehefrau und meinem Sohn abzudrängen. Bereits im November 94 hatte ich Herrn F. V. ein Buch geschenkt und erklärt, daß ich seine »Dienste« in Zukunft nicht mehr brauche – das Verhältnis zu meinem Sohn sei geknüpft und könne sich selbständig weiterentwickeln. Mit meiner Ex-Frau könne er sich unabhängig davon treffen. Herr F. V. bestand jedoch auf weiteren Treffen mit Mutter und Sohn – wobei ich notgedrungen geduldet wurde. Zu Herrn F. V. ist zu sagen, daß er als Handwerker Gemeindehelfer einer Ev. Kirchengemeinde wurde und dann zum Dekanats-Jugendpfleger »aufstieg«, ohne eine pädagogische Ausbildung gehabt zu haben, obwohl er sich großspurig »Pädagoge« nannte. Wie er Mitarbeiter im »Weißen Ring« werden konnte, ist mir ein Rätsel!

Dies alles teilte ich der Zentrale des »Weißen Rings« in einem Brief vom 12.03.95 mit und fügte noch hinzu, daß sich Herr F. V. geweigert hatte, dem Familiengericht die Formulierung eines Umgangsrechts für meinen Sohn und mich zu empfehlen. Natürlich hoffte ich, daß sich der »Weiße Ring« von diesem ganz offensichtlich ungeeigneten Vertreter trennen würde.

Am 29.03.95 schrieb die Zentrale des »Weißen Rings« zurück und erklärte, daß man sich mit Herrn F. V. in Verbindung setzen werde. Auch werde man kurzfristig auf mein Schreiben zurückkommen. Ein derartiges »Zurückkommen« hat es bis heute (2006) nicht gegeben. Vielmehr schrieb mich die Zentrale des »Weißen Rings« am 16.01.03 an und bedauerte, von mir seit längerer Zeit keine Spende mehr erhalten zu haben. Darauf antwortete ich mit einem Brief vom 07.02.03 und erklärte meine bisherige Spendenabstinenz. Auch erwähnte ich, daß ich den »Weißen Ring« seit 1984 jährlich mit einer dreistelligen Spende unterstützt habe, zuletzt 1998, als ich anläßlich eines Dienstjubiläums meine Kollegen bat, mir nichts zu schenken und statt dessen dem »Weißen Ring« eine Spende zukommen zu lassen, wobei auch wieder eine reichlich dreistellige Summe zustande kam. Schließlich erkenne ich die Bedeutung der Unterstützung von Kriminalitätsopfern nach wie vor an, wenn ich auch nicht sicher bin, ob die heutigen Vertreter des »Weißen Rings« sich noch den Idealen des Eduard Zimmermann (Gründer des »Weißen Rings«) vorbehaltlos verpflichtet fühlen.

Ich erwähnte, daß mein Sohn und ich im Jahre 1989 selbst Opfer eines Rechtsbruchs geworden sind und ich daher die Hilfe des »Weißen Rings« in Anspruch genommen habe, die sich im Verlauf dieser »Hilfe« als wahrer Bärendienst erwiesen hat, wie ich es bereits geschildert habe. Meiner damaligen Ehefrau sei es gelungen, private

Beziehungen zu Herrn F. V. zu knüpfen und ihn zu einer Verhaltensweise zu bringen, die das Verhältnis zu meinem Sohn schwer belastet
habe. Diese Belastungen seien noch heute spürbar.

Mit meinem Schreiben vom 12.03.95 an die Bundesgeschäftsstelle
hatte ich auf das den Satzungen widersprechende Verhalten des Herrn
F. V. hingewiesen und die näheren Umstände erläutert. Die mit Schreiben vom 29.03.95 angekündigte Stellungnahme sei bis heute (07.02.03)
noch nicht eingetroffen. Seit dieser Zeit sei mein Verhältnis zum »Weißen Ring« deutlich unterkühlt und so habe ich auch seit 1998 keine
Spendengelder mehr überwiesen. Ob mir in Zukunft noch Informa-
tionsbriefe zugeschickt werden sollen, das möge die Geschäftsstelle
entscheiden. Ich wolle jedoch nicht völlig ausschließen, daß ich meine
Enttäuschung irgendwann überwinde.

Dieser Brief war mein letzter Kontakt mit dem »Weißen Ring«. Ich
bekam bis heute (Mitte 2006) keine Zuschrift mehr. Zur Ehrenret-
tung des »Weißen Rings« muß ich jedoch sagen, daß meine Negativ-
tiv-Erfahrung nicht repräsentativ ist. Es gibt sicher viele kompetente
Mitarbeiter, die eine wertvolle Arbeit tun; mein Pech war, an einen
Vertreter geraten zu sein, der mit seiner Aufgabe hoffnungslos überfordert war!

10. Die Rolle der beiden christlichen Kirchen.

Die ersten Erfahrungen habe ich mit Vertretern bzw. Vertreterinnen der Evangelischen (Landes-)Kirche gemacht. Wenn staatliche Organe (z. B. Gerichte) versagen, dann wird der mögliche Einfluß außerstaatlicher Organisationen bei der Lösung familiärer Probleme umso bedeutungsvoller. So hatte sich im Jahre 1992 eine Situation ergeben, bei der meine damalige Ehefrau am 23.04. im Jugendamt verbindlich zusagte, Kontakte zwischen mir und meinem Sohn bis zur Jahresmitte zu ermöglichen. Schließlich hatte ich meinen Sohn länger als drei Jahre nicht mehr gesehen. Als sich herausstellte, daß sich meine (Noch-) Ehefrau an ihre Zusage nicht hielt und auch Telefonate sowie Briefe meinerseits keinen Erfolg brachten, entschloß ich mich, den Pfarrer ihrer Gemeinde einzuschalten. Diesen Pfarrer S. hatte ich anläßlich der Beerdigung meines Schwiegervaters in 1986 persönlich kennengelernt; er war Dekan des zuständigen Kirchenbezirks. Ich schilderte ihm die Situation der Trennung meines Sohnes von mir und bat ihn, meiner Ehefrau ins Gewissen zu reden, zumal sie ein treues Mitglied seiner Gemeinde war. Er zeigte sich betroffen und versprach, sich mit meiner Frau in Verbindung zu setzen. Nach einigen Wochen hatte ich ein Gespräch mit meiner Frau, wobei sie mir versicherte, von Pfarrer S. in der Angelegenheit unseres Sohnes nicht angesprochen worden zu sein. Ich wartete noch einige Wochen und rief im September 92 den Pfarrer S. erneut an, wobei ich allerdings nur seinen (erwachsenen) Sohn »erwischte«.Ich schilderte ihm mein Anliegen und bat ihn, dies seinem Vater vorzutragen, was er mir auch fest versprach. Ende 92 erfuhr ich von meiner nun geschiedenen Frau, daß sie von Pfarrer S. in der Angelegenheit unseres Sohnes nie angesprochen worden war!

Die Erfahrungen, die ich mit dem evangelischen Dekanats-Jugendpfleger Herrn F. V. gemacht habe, muß ich hier nicht noch einmal schildern. Er war ja noch zusätzlich Vertreter des »Weißen Rings« und damit eine sehr fragwürdige Person mit ausgeprägtem Geltungsdrang und ohne pädagogische Vorbildung.

Die nächsten Erfahrungen mit Vertretern bzw. Vertreterinnen der evangelischen Kirche machte ich im Zusammenhang mit der Taufe und der Konfirmation meines Sohnes.

Wie ich bereits erwähnt habe, hatten meine Ehefrau und ich vereinbart, unseren Sohn kurz vor seiner Konfirmierung taufen zu lassen, damit dieser Vorgang auch mit einem gewissen Maß an Willensentscheidung verbunden war. Im März 02 wurde unser Sohn 14 Jahre alt, so daß Taufe und Konfirmation wohl kurz bevorstanden – zumal mir mein Sohn vom Besuch der Konfirmationsstunde (Konfi-Stunde) geschrieben hatte. Da ich keine weiteren Informationen bekam, rief ich am 10.05. den Pfarrer der zuständigen ev. Kirchengemeinde an, der mit seiner Ehefrau zusammen die dortige Gemeinde »betreute«. Ich erreichte nur den Anrufbeantworter des Pfarrers D. und hinterließ darauf meine Frage nach Taufe und Konfirmation meines Sohnes. Immerhin meldete sich am 10.05. eine Pfarramts-Mitarbeiterin telefonisch und teilte mir mit, daß mein Sohn im Februar 02 in einer Nachbargemeinde von der Pfarrerin M. getauft und dort wohl auch im April konfirmiert worden sei. Darauf rief ich die Pfarrerin M. an, erreichte aber nur eine Pfarramts-Mitarbeiterin, die mir den Vorgang von Taufe und Konfirmation durch Pfarrerin M. bestätigte Immerhin meldete sich Pfarrerin M. einige Tage später telefonisch und bestätigte die Auskunft ihrer Mitarbeiterin. Meine Frage, ob sie meinen Sohn auch nach seinem Vater gefragt habe, überraschte sie wohl sehr, denn diese Frage war wohl unüblich. Sie erwähnte allerdings, daß meine Ex-Ehefrau und Schwiegermutter regelmäßige Gottesdienstbesucherinnen bei ihr waren. Die Rolle des Vaters meines Sohnes spielte in ihren Überlegungen ganz offensichtlich keine Rolle. Auf dieses Telefonat zurückkommend schrieb ich der Pfarrerin M. am 18.12.02 einen Brief, worin ich die Situation zwischen meinem Sohn und mir schilderte und erwähnte, daß ich ihn am 18.03.01 zuletzt gesehen habe. Ich versuchte, sie für die Situation der aus den Familien hinausgedrängten Väter zu sensibilisieren und fragte, warum sie meinem Sohn nicht die Konfirmationsaufgabe der Normalisierung des Verhältnisses zu seinem Vater gestellt habe. Schließlich empfahl ich ihr, Seelsorgerin und nicht nur Zeremonienmeisterin zu sein! Reaktion auf diesen Brief? Fehlanzeige!

Die Familie aus Vater, Mutter und Kind scheint in der ev. Kirche keinen besonderen Stellenwert mehr zu haben. Auch wird das Fünfte der zehn Gebote (Du sollst Vater und Mutter ehren) wohl nur noch in der Version mit der Mutter gebraucht. Ich kam mir als Vater ziemlich überflüssig vor – wenn man von den regelmäßigen Geldüberweisungen einmal absieht. Was ist aus dieser ev. Kirche geworden? Ich will nicht so weit gehen wie ein Kollege von mir, der von einer feministischen Tarnorganisation spricht. Auf die Problematik von homosexuellen Pfarrern und lesbischen Pfarrerinnen will ich nicht weiter eingehen, obwohl viele Gemeindemitglieder dies zum Kirchenaustritt verleitet hat. Dazu gehört auch die Einsegnung von homosexuellen und lesbischen Lebensgemeinschaften.

Als Sproß einer traditionell evangelischen Familie muß ich die Erfahrung positiv hervorheben, die ich mit einer Institution der kath. Kirche, der Caritas, gemacht habe. Nachdem die Kontaktanbahnung zu meinem Sohn über Herrn F. V. vom »Weißen Ring« immer mehr zu einer Belastung des Vater-Sohn-Verhältnisses geworden war und deshalb beendet werden mußte, nahm ich Kontakt mit der Familienberatungsstelle der Caritas auf. Im September 96 telefonierte ich mit einer Verwaltungsangestellten, die mich freundlich beriet und mich mit einem Familientherapeuten, Herrn R., vermittelte. Dieser Herr R. war ausgebildeter Psychologe und erklärte sich bereit, bei der Kontaktanbahnung zwischen meinem Sohn und mir zu helfen. Er führte noch in 96 getrennte Gespräche mit mir, meiner Ex-Frau und meinem Sohn, so daß in 97 die Treffen zwischen meinem Sohn und mir in den Räumen der Caritas beginnen konnten. Es kam dabei zu insgesamt 9 Treffen, die in einer Schlußbesprechung im Jugendamt endeten.

Dieser Herr R. von der Caritas erwies sich als kompetenter Vermittler, der schnell herausfand, daß er sich im Zusammentreffen von Vater und Sohn zurückzuhalten habe, da ich im Umgang mit jungen Menschen nicht gerade unerfahren war. Auch mißlang der Versuch meiner Ex-Frau, ihn als Beschützer unseres Sohnes aufzubauen, wie ihr das mit Herrn F. V. vom »Weißen Ring« gelungen war. Bei der Schlußbesprechung im Jugendamt nach den Vater-Sohn-Begegnungen in den Räumen der Caritas verhielt sich Herr R. auch sehr sachdienlich, so daß die Begegnungen mit meinem Sohn in 98 in meinem Haus ohne »Aufpasser« stattfinden konnten. Aus Dankbarkeit schenkte ich Herrn R. ein psychologisches Fachbuch, welches er mir benannt hatte.

Insgesamt ist mein Eindruck, daß die kath. Kirche eher bereit ist, das Fähnlein der Familie hochzuhalten – wenn man die Informationen aus Presse, Hörfunk und Fernsehen hinzunimmt. Der Zustand der Familie als Keimzelle eines Volkes macht in Deutschland jedoch leider den Eindruck des Zerfalls. Nahezu jede zweite Ehe wird geschieden, es gibt immer mehr Scheidungs-Waisen, die Zahl der Geburten nimmt weiter ab, obwohl es genug Schwangerschaften gibt. 45 % aller Akademikerinnen im gebärfähigen Alter lehnen eigene Kinder ab.

Könnte in einem immer noch christlich geprägten Land eine andere Religion oder Lebensphilosophie eine Besserung bringen? Bei der immer deutlicher werdenden schleichenden Islamisierung Deutschlands sollten wir uns dazu die einschlägigen Suren des Korans ansehen. Dort heißt es im Kapitel »Ehe und Familiengründung«: Die Männer stehen über den Frauen! Rechte und Pflichten der Ehepartner:

»Und es gehört zu seinen Zeichen, daß Er euch aus euch selbst Gattinnen erschaffen hat, damit ihr bei ihnen wohnet. Und Er hat Liebe und Barmherzigkeit zwischen euch gemacht. Darin sind Zeichen für Leute, die nachdenken«. (Koran 30:21)

Ehe und Familie sollen dem Menschen Heimat geben, einen Raum der Geborgenheit, des Verständnisses und der Entfaltung nach den Grundsätzen des Islams. So soll die eheliche Gemeinschaft von Mann und Frau geprägt sein von gegenseitiger Rücksichtnahme, von Liebe und dem gemeinsamen Streben nach einem Leben im Sinne des Islams.

Die Verschiedenartigkeit von Mann und Frau. Zunächst ist die Ehe eine Vertragsgemeinschaft, in der beide Partner klare Rechte und Pflichten haben, die sie mit dem Abschluß eines islamischen Ehevertrages akzeptieren. Diese entsprechen weitgehend den traditionellen Rollenmustern und werden mit der Auffassung begründet, daß Gott Mann und Frau unterschiedlich erschaffen und gemeint habe. So sollen ihre jeweiligen Rechte und Pflichten nach dem Islam ihren gottgegebenen natürlichen Anlagen entsprechen und diesen zur best-möglichen Entfaltung verhelfen. Wie in allen patriarchalischen Gesell-schaften, so gilt auch im Islam der Mann als das Haupt der ehelichen Gemeinschaft und der Familie. Hierzu heißt es im Koran:

»Die Männer haben Vollmacht und Verantwortung gegenüber den Frauen, weil Gott die einen vor den anderen bevorzugt hat und weil sie von ihrem Vermögen (für die Frauen) ausgeben. Die rechtschaffenen Frauen sind demütig ergeben und bewahren das, was geheimgehalten werden soll, da Gott es geheimhält. Ermahnt diejenigen, von denen ihr Widerspenstig-keit befürchtet, und entfernt euch von ihnen in den Schlafgemächern und schlagt sie.. Wenn sie euch gehorchen, dann wendet nichts Weiteres gegen sie an. Gott ist erhaben und groß«. (Koran 4:34)

Über die Auslegung dieses Koranverses, dessen Beginn häufig auch mit »Die Männer stehen über den Frauen« übersetzt wird, gibt es eine Fülle von Schriften, die ein breites Spektrum von Interpretationen an-bieten von der radikalen Unterordnung der Frau unter den Mann über die Erfüllung ihrer Rolle innerhalb des Hauses bis zur weitgehenden Gleichberechtigung mit dem Mann im Rahmen des Islams.

Dabei gibt es einen sehr breiten Konsens dafür, daß hier eine na-türliche und unumstößliche Hierarchie zwischen den Geschlechtern festgelegt sei, die innerhalb der Familie, aber auch darüber hinaus gelte. Jede noch so kleine Gesellschaft braucht, so die Vorstellung, einen Führer, der im Zweifel die Richtung bestimmt und aufkom-mendes Chaos unterbindet. Daß diese Führerschaft immer in männ-licher Hand liegen muß, wird nicht in Frage gestellt und auf vermeint-lich weibliche Eigenarten wie Emotionalität, Subjektivität, leichte Erregbarkeit und dergleichen zurückgeführt. (Entnommen aus: Rita Breuer »Familienleben im Islam«, HERDER spektrum Bd. 5247, S. 33f. © Verlag Herder GmbH, Freiburg im Breisgau, 4. Auflage 2002)

Der Leser, der über ein wenig Bibelkenntnis verfügt, wird hier die Parallelen zur wichtigsten Bekenntnisschrift der Christen erkennen. Natürlich kannte der Prophet Mohammed die Bibel; er hat große Pas-sagen daraus in seiner eigenen Sprache übernommen. Im Islam wird dies so dargestellt, daß er auf seiner Flucht von Mekka nach Medina (der Hedschra) in einem Gebüsch dem Erzengel Gabriel begegnet sei, der ihm den Koran »diktierte«. Er muß ein sehr gutes Gedächtnis gehabt haben, denn angeblich war er Analphabet.

Natürlich hat sich das deutsche Familienrecht weit von der Bibel entfernt – vielleicht in einigen Punkten zu weit. Die totale Gleichberechtigung zwischen den Ehepartnern hat in der Tat vielfach zu Blockaden innerhalb der Familien geführt, die man durch einen vor der Eheschließung frei ausgehandelten Ehevertrag vermeiden könnte. In einem derartigen Vertrag könnten die Partner festlegen, auf welchem Gebiet der Lebensgemeinschaft wer die letzte Entscheidungsbefugnis hat, wenn man sich trotz ehrlichen Bemühens nicht einigen konnte. Natürlich müßte hier ein gesetzlicher Rahmen geschaffen werden, damit keine sittenwidrige Vereinbarungen möglich sind. Was das Familienrecht des Islam betrifft, so ist natürlich das Züchtigungsrecht des Ehemannes gegenüber seiner widerspenstigen Frau völlig indiskutabel; die allgemeinen Grundzüge sollten jedoch durchaus beachtet werden, denn sie beruhen auf einem hohen Maß an Lebenserfahrung und entbehren nicht einer gewissen humanistischen Grundeinstellung. Durch den zunehmenden Anteil islamischer Bevölkerung in Deutschland wird der Einfluß dieser Menschen auf die Gesetzgebung und die Rechtsprechung sicher zunehmen. Wenn man den Einfluß feministischen Gedankenguts auf das nationale Recht übertreibt, dann kommt es leicht zu einer Gegenbewegung. Nicht zu Unrecht beklagt der bekannte Islamkenner und Journalist Peter Scholl-Latour die Schwäche des Christentums und nicht so sehr die Stärke des Islam in der ideologischen Auseinandersetzung der heutigen Zeit.

11. Versuche, die Kontakte mit meinem Sohn zu intensivieren.

Wie ich bereits erwähnte, war meine letzte persönliche Begegnung mit meinem Sohn am 18.03.01. In den folgenden 5 Jahren gab es nur briefliche Kontakte, wobei dies in freundlicher, ja manchmal in familiärer Form geschah – aber nie zu einer persönlichen Begegnung führte, obwohl ich mich in vielfältiger Form darum bemüht habe. Bemerkenswert ist dabei auch die Tatsache, daß mein Sohn die Fragen und Anregungen in meinen Briefen ignorierte und so einer Auseinandersetzung mit der Trennung von seinem Vater aus dem Weg ging. Ein typischer Vorgang der Verdrängung, wobei er sich mit zunehmendem Alter sicher darüber klar wird, diese Aufarbeitung nicht ewig verschieben zu können. Vielleicht will er auch zunächst seine Mutter schonen, von der er auch als Volljähriger wirtschaftlich abhängt.

Insgesamt muß ich feststellen, daß von einer Intensivierung der Kontakte mit meinem Sohn nicht gesprochen werden kann. Persönliche Kontakte gibt es nicht mehr!

12. Das Vater-Sohn-Verhältnis heute im Jahre 2006.

Diesen Abschnitt kann ich mir eigentlich sparen, denn es ist alles dazu gesagt worden. Was bleibt, ist die Tatsache, daß ich zwar die Geburt meines Sohnes miterlebt habe, auch ein erstes Lebensjahr aktiv begleiten durfte, bis dann die schlimme Zeit der jahrelangen Trennung begann.

In den Jahren 1994 bis 2001 hatte ich etwa 75 zeitlich begrenzte Begegnungen mit meinem Sohn, die ich bereits geschildert habe, die aber nicht ausreichten, um das Defizit an emotionaler Bindung aus seinen ersten Lebensjahren auszugleichen. Inzwischen muß ich mich damit abfinden, daß ich nie erleben werde, wie mein Sohn laufen und sprechen gelernt hat. Auch werde ich nie erleben, wie er immer mehr in diese Welt hineingewachsen ist. Seinen ersten Besuch im Kindergarten werde ich nie erleben können, auch nicht seinen ersten Schultag. Von seiner Taufe und seiner Konfirmation war ich ebenfalls ausgeschlossen. Schlimmeres kann man einem fürsorglichen Vater eigentlich nicht antun!

Wie bereits erwähnt, gibt es heute nur noch briefliche Kontakte zwischen meinem Sohn und mir. Ein mir privat bekannter Jurist riet mir, es bei diesem Zustand zu belassen und mir weitere Demütigungen zu ersparen. Schließlich könne man diese Situation auch dadurch berücksichtigen, daß man sich daran erinnert, wenn es was zu erben gibt. Ein schwacher Trost!

Inzwischen schreiben wir das Jahr 2007; mein Sohn machte Abitur und entschied sich für ein Studium der Mathematik.

Am 11.09. spreche ich auf seinen Anrufbeantworter und lade ihn (bei herrlichem Spätsommerwetter) zu einer Kajak-Tour ein. Ich bitte ihn, zurückzurufen; er hat Zeit! Die Schulzeit ist beendet, das Studium hat noch nicht begonnen. Der Erfolg: Mein Sohn ruft nicht zurück – er lehnt schriftlich unter einem Vorwand ab.

Jetzt, im Dez. 2007, muß ich feststellen, daß ich ihn nahezu 7 Jahre nicht gesehen und gesprochen habe. Auf der Straße würde ich ihn sicher nicht erkennen.

13. Kann ich heute in Deutschland jungen Männern empfehlen, Vater zu werden?

Dies ist eine ganz schwere Frage. Im Grunde beantwortet sich diese Frage durch das Lesen dieses Buches von selbst. Doch so leicht will ich es mir nicht machen. Leider muß man sagen, daß die Wahrscheinlichkeit hier geschilderter Erlebnisse bei etwa 30 % liegt mit steigender Tendenz. Man kann wohl ohne Übertreibung sagen, daß etwa jeder dritte Vater damit rechnen muß, zum reinen Zahl-Vater degradiert zu werden, was der Familiensituation in Deutschland ein verheerendes Zeugnis ausstellt. Ob nun ein junger Mann das Risiko einer Vaterschaft eingeht, das muß er natürlich selbst entscheiden. Er sollte sich jedoch darüber im klaren sein, daß eine Familiengründung mit der Gefahr des Scheiterns verbunden ist. Gegen den damit verbundenen emotionalen Schaden kann man sich nicht schützen – wohl aber gegen den materiellen Schaden, indem man einen Ehevertrag abschließt. (Gütertrennung, kein Ehegattenunterhalt und kein Versorgungsausgleich im Fall einer Scheidung.) Leider sind die Verhältnisse so, daß man dazu raten muß!

Neben der persönlichen Situation sehe ich jedoch noch eine gesamtstaatliche Verantwortung junger Menschen in der Frage der Familiengründung und der Elternschaft. Es wäre ein Jammer, wenn immer mehr junge Menschen eigene Kinder ablehnten und das deutsche Volk damit keine Zukunft hätte. Jeder möge abwägen und dann entscheiden. Die staatlichen Organe bleiben aufgefordert, Rahmenbedingungen zu schaffen, daß insbesondere junge Väter nicht das erleben müssen, was ich hier geschildert habe, wobei die nichtstaatlichen Organisationen ihren Teil dazu beitragen sollten.

Zum Schluß empfehle ich allen in Not geratenen Vätern den Verein »Väteraufbruch für Kinder«, der das gemeinsame Sorgerecht fordert für den Fall, daß sich Vater und Mutter trennen. Der bekannte Schauspieler Mathieu Carriere hat sich seit Jahren in diesem Verein für die Rechte der Väter beim Sorgerecht eingesetzt, was man nur begrüßen kann. Natürlich gibt es auch in Not geratene Mütter, aber für die gibt es so viele Hilfsangebote, daß man darauf nicht gesondert hinweisen muß. Dieses Buch soll ja nun vorzugsweise den unterprivilegierten Vätern eine Hilfe sein!